CHARACTER
ロゼリィ
俺
ベス

サーズ
ラビコ

CONTENTS

プロローグ
オレンジジャージ少年異世界へ様
006

第1章
異世界転生したら犬のほうが強かったんだが様
010

第2章
キャベツの魔法使いラビコ様
041

第3章
宿屋メニュー改革とレンタルアーマー計画様
071

第4章
るるるるるぶ節約旅行と蒸気モンスターの襲撃様
116

第5章
少年は異世界の全てを見たいし海で水着も見たい様
162

第6章
空飛ぶ車輪の姫様と宿の新戦力アルバイト五人娘様
191

第7章
ソルートン防衛戦様
244

異世界転生したら愛犬ベスのほうが強かったんだが 1

～職業街の人でも出来る宿屋経営と街の守り方～

影木とふ

BRAVENOVEL
ブレイブ文庫

プロローグ　オレンジジャージ少年異世界へ様

「ベスッ」

「いいぞベス！　次は左の奴だ！」

「ベスッ」

俺の声に飼い犬のベスが鼻息荒く応《こた》え、左側に展開していたスライムみたいなモンスターの集団に全速力で突っ込んでいった。

名前も分からないスライムっぽいそれは、街のすぐ側に出るようなモンスターなので弱い。おそらく普通の冒険者なら難なく倒せるのだろう。

街を出てすぐのちょっとした森なのだが、本当に異世界ってのは野生動物感覚でモンスターが出るんだな。

「ベスッ！」

俺の愛犬ベスが吼《ほ》え、華麗にスライムの集団の中を走り回り、爪《つめ》で引っかいたり噛《か》みついたりと大活躍。

冒険者センターで受けた依頼の数をこなし街に戻り、受付でお金を受け取る。

「とりあえずベスでも使える武器とか防具を買いたいなぁ」

俺の装備？　そんなもん布の服でいいんだよ。俺、戦わないし。

「職業【街の人】の俺。と【白銀犬士《はくぎんけんし》ベス】。さぁ君ならどちらに投資するかな？　お犬様様ってやつだ。


今俺がいるところは、ソルートンとかいう名前の田舎の港街。

塩が特産物で有名だからソルートンなんだと。適当過ぎだろ、ネーミング。都会にはもっと格好いい名前の街や都市があることを願うばかりだ。

この街に来たのは昨日のこと、明日から高校最初の夏休みだとワクワクして寝て、目覚めたら街の真ん中の橋に斜めに立っていた。学校指定オレンジジャージで。

ああ、最近流行りのあれか、異世界転生転移、と驚きはしなかったが、とりあえず行った冒険者センターで能力無し、あんた街の住民レベル宣告には驚いた。

「普通強いもんだろこういうパターンだと……」

何も分からない異世界、これからどうしたもんか、と落ち込んで橋でたそがれている俺に優しく寄り添って来たのが飼い犬ベスだった。

俺が小学校のころから可愛《かわい》がっている愛犬。いわゆる柴犬《しばいぬ》ってやつで、眉毛《まゆげ》が麻呂《まろ》みたいでかわいいんだ、これが。

「おおお、お前も来ていたのか、良かった……！」

「ベスッ」

「……待てよ、ベスちょっと来い」

「ベッス！」

……と、なんの気なしに愛犬ベスを冒険者センターで判定してもらった。

「おめでとうございます！　すごいですよいきなり上位職、白銀犬士です！」

測定してくれた受付のお姉さんが興奮気味に俺を見てくるが……お、おう。そうなんだ、上位職ね。へぇ。

それで、犬の上位職って何。

第1章　異世界転生したら犬のほうが強かったんだが様

異世界とやらに来たのはいいが、俺はまさかの職業【街の人】宣告。

そして付いて来た愛犬ベスが【白銀犬士】とかいう上位職。

「……つかさ、こういうとき、たそがれている俺に話かけてくる人物って、可愛い女の子がパターンじゃねーの？」

いや犬いいよ？　なんせうちの可愛い愛犬だし。俺に懐いているから言うこと聞いてくれる忠犬だし。職業街の人判定で傷心の俺は癒《いや》しを求め、一歩後ろを鼻息荒く付いてくるベスを見る。ほら、異世界に来ようが俺の愛犬は世界で一番可愛い。

「ベスッ」

俺の視線に気付いたベスが元気よく吠《ほ》える。うん、可愛い。やはりうちの犬は可愛いぞ。

まぁなんでここに来たかはあとで考えるとして、とりあえず金が無いと何も出来ない。それは現実だろうが異世界だろうが、共通の事実。ましてやこっちの世界の通貨なんて俺は持っていない。そう、この体ひとつで稼ぐしかないのである。

「とりあえず今日泊まる宿代はありそうだな」

先ほど、俺は体を一切動かさず愛犬ベスが倒してくれたスライムっぽいやつの報酬を数えてみると、二百Gちょい。まぁ日本感覚だと二万円だ。なんか冒険者センターで初心者が一日一回だけ受けることが出来るデイリークエストとやらで、報酬が通常の十倍なんだとさ。

昨日はお金も何もないので、二十四時間開いている冒険者センターの隅っこでベスと二人夜を明かしたが、たった一日でもう体が痛い。今日こそ宿に泊まらせてもらうぞ。

お昼過ぎ、中心部にある冒険者センターを出て、街をのんびり眺めながら南にある港方向へ。パンを焼く良い香りに引き寄せられ歩いていると、宿屋っぽい大きな二階建ての建物を発見。看板を見てみると、お一人様五十Gと書いてある。余裕だぜ。

「すいませーん。今日一泊お願いします。あ、それでここってペットって……」

開きっぱなしになっている入口から入り、暗い顔で下を向いていた宿屋の受付のお姉さんに話しかけながらふと気付く。ベスって冒険者で職業白銀犬士なんだよな。ってことはペットじゃなくてお一人様になんのか？

「あ……か、可愛い犬ですね。あ、あの、もしかしてこの子、冒険者ですか？」

「……えーと……」

思案。これ、犬も冒険者って言ったら、間違いなく二人分の料金を取られるよな。異世界での俺の全財産は二百Gで、日本感覚二万円。そこで支払うお金が五十Gと百Gでは残金が大きく変わる。

節約……いや……このお金はベスが命張って稼いでくれたお金だ。ベスに支払うお金は最優先……。ベスいないと、俺なんも出来ねーし。うん。

「はは、そうなんです。白銀犬士っていってなんか上位職らしくて、俺の自慢のパートナーなんです」

　ええい、ここは二人分支払ってベスをいたわるべき。

「ええ、すごい……可愛いのに強いんですねー。じ、じゃあこの子用のご飯も用意してあげないとですね。厨房《ちゅうぼう》にいる料理人さんに、お犬さん用のも用意してくれるように言っておきます。では前金でいただきますが、お客様はお一人様なので、五十Gになります」

「……い、いいんですか！　お一人様で！」

　俺が泣きながらお姉さんの手を握って聞き返すと、お姉さんが顔を紅《あか》くして答える。というかこのお姉さん、すげぇ美人さんだな。そしてお胸様がご立派ぁ。

「は、はい……！　うちは小さなペットは無料ですので……」

　ペットは無料！　よかった……！　この浮いたお金で明日ベスに良い装備を買い揃えてやろう。うん。

「あ、あの……手……」

「あ……あ！　す、すいません。嬉《うれ》しくてつい」

　俺が慌てて手を離す。ちょっと興奮して力込め過ぎてしまったか。すいません。

「うめぇ」

　夕食付きで五十Gらしく、宿屋の食堂兼酒場で出されたパンとスープに焼いたお肉、サラダのセットはとてもおいしかった。

異世界で一番心配していたご飯が俺の口に合ってほっとしている。一体何の肉なのか、何の野菜の葉っぱなのかは知らないがね。そこは深く考えないようにしよう。ベスも出された犬用ディナーに夢中に食らい付いている。

受付のお姉さんがサービスです、と出してくれた果物ジュースがこれまた甘くてうめぇ。疲れた体に染みわたるぜ。疲れているのはベスだけだろうけど。

ここ、常宿にしようかなぁ。

月が綺麗《きれい》だ。

夜、借りた部屋の窓から月を眺める。広さは四畳ぐらいのものだが、寝られる柔らかいベッドがあるだけでありがたい。

「ここがどこかは知らんが、月はあるんだな」

ホームシックとかではないが、似たような環境があると少し安心する。

「ベスッ」

「あ、すまんベス。起こしちゃったか。なんでもないよ、明日も頑張ろうな」

「ベッス」

俺の独り言に反応した愛犬ベスが、犬用簡易ベッドから出てきて俺の足に顔を摺《す》り寄せてきた。そのベスの頭を優しく撫《な》でながら、今自分が知らない異世界に来ているのに、慌てずこんなに冷静でいられるのはベスが側にいるからなんだろうな、と思う。ありがとうな、ベス。

翌朝、宿屋を出ようとしたら、受付のお姉さんがパンを数個包んだ綺麗な布袋をくれた。香ばしくておいしそうな匂《にお》いがする。

「あれ、これ貰《もら》っていいんですか？　お金そんなに持っていないですよ、俺等」

「は、はい……き、気にしないでください、私個人のサービスです！　出来ましたら……また泊まってくれると嬉しいです」

こりゃあ、ありがたい。

どんな世界でも、人と人との繋《つな》がりってのは大事だなぁ。

「はは、そのつもりです。俺、ここの土地勘無いし、日銭を稼いだらまたこの宿に戻って来ようかと思っていました」

恥ずかしそうに、そして嬉《うれ》しそうな顔で手を振って見送ってくれた受付のお姉さん。なんだろう、常客を取り込もうとしているのかな。


午前中の賑《にぎ》わう商店街を歩く。

お店に売っている物を見ると、やはりここは異世界なんだな、と思う。見たことがない物ばっかだぜ。あと、普通に武器とか売ってんのな。まぁ、ここではモンスターから身を守る為《ため》に必要な物だしなぁ。

「犬用の装備ってどこ行きゃ売ってんだ……」

一通り歩いてみたが、人間用の装備はそこらで売っているが犬用のは無い。つうか、本当に白銀犬士って何が出来るどういう職業なの。とりあえず今晩の宿代に五十Gは必要と。となると使えるお金は百G。

「うーん」

こういうとき携帯端末が無いと不便だぜ。犬用装備、格安、でネット検索、とか出来ないからなぁ。

「おや、あれは宿屋のお姉さんじゃ」

先ほど笑顔で見送ってくれた宿屋の受付のお姉さんが、大きな荷物を持ってフラフラと歩いている。

「……あれは絶対転びそう……」

「……あっ」

ほれ見たことか。お姉さんは何かにつまずいたらしく、小さく声を漏らしてよろめいた。

「おっと……！　うごっ……ちょ、重っ！」

俺は走り、倒れかけたお姉さんを左手で支え、右手で荷物を持とうとしたらアホみたいに重い。

「な、何入っててんですか、これ！」

「いやっ！　……あ……あなたは……」

俺は支え目的で彼女の肩に手を回したのだが、いきなり背後から触られたもんだから痴漢かと思ったらしく、手を振り払おうとしてくる。しかし俺だと気付いたようで、拒否の姿勢はなくなった。

「あ、ありがとうございます、まさかあなただとは……。嬉しい……やっぱり優しいお方なんですね」

転びそうな人を支えただけで優しい人なのか……？　普通だろ。

「どうしてもうちの宿は酒場も兼ねているので、怖くて乱暴で触ろうとしてくるお客さんが多いもので……」

なるほど、そういう極端な人と比べたら俺は優しい人になるわな。

「いえいえ、いきなり体を触られたら拒否反応で正解ですよ。それで、これやたらと重いんですが……」

「あ、メロンを仕入れに来ていまして……安かったので、ついたくさん買ってしまって……」

ああ、そういや甘い匂いがするな。うーんメロンか、俺の好物だ。

「今日、うちに泊まってくれたらこのおいしいメロンが付きますよ？　ふふ」

やべぇ、今すぐ宿に戻ります。

「やった、俺メロン好きなんですよ。今日もお世話になります」

「ふふ、助けてくれたお礼に少し多めに出してあげますね」

宿に戻り夕食。

まぁ良い感じに熟れたメロンが、一個まんま皿に乗って出てきた。

お姉さんも俺の隣の席で笑顔でメロンを食べている。なんで横に……。

「……」

酒場で飲んでいる、いかつい男たちがチラチラとこちらを見ているな。

「なるほど」

男たちはお姉さんの側に俺とベスがいるのを見て、近付けずにいるご様子。お姉さん美人だし、この宿屋兼酒場のマドンナ的な存在なんだろうな。

毎日のように屈強な男たちに絡まれて大変だったのだろう。俺の横で安心したような良い笑顔でメロンを頬張るお姉さんを見ていると、そんな気がする。

街の人なんて職業の俺でも、少しはお姉さんの笑顔を守れているのかな。

さーて、今日は日銭を稼いでいないから、残金百Gだぞ。

明日はがっちり稼がねば。


翌朝、俺は異世界の真理に気付く。

「飯が美味い」

俺がいるソルートンとかいう港街は都市からはかなり遠く、田舎らしい。

それでも街のすぐ側には大きな山があり、目の前は大海原。漁業も盛んに行われ、船で世界各地から食料が港に届く。気候も安定しているらしく、海の幸、山の幸がいつでも商店街に溢《あふ》れているとのこと。

「あ、本当ですか……？　これ……私が作ってみたんです」

時刻は朝七時、俺は宿屋で朝ごはんをいただいている。昨日食べたメロンもそうだが、この街の物は素材からしてすでに美味い。特に加工しなくても、そのままでおいしい食材が溢れているようだ。

俺がいた日本では、北海道の物はなんでも美味いと認識していた。よく近くのお店で物産展をやっていたので行ったが、ミニトマトすら美味かった。余計な味付けはいらん、そのままで美味いのだ。

「え……？　あれ、これって宿泊のセットメニューじゃないんですか？」

焼きたてのパン、コーンスープ、目玉焼きにベーコン、何かのジャムがかかったヨーグルト、キンと冷えた牛乳。うん、朝食のフルコースだ。愛犬ベスもあてがわれた犬用メニューにがっついている。

「ふふ、ちょっとしたアピールです」

「……？」

ふむ、確かにこんな美人なお姉さんの作ったご飯が食べられるのなら、宿屋の集客アピールになるな。美味いし。

お姉さんがパチパチと俺にウインクをしているが……なんだろう。俺という存在が眩《まぶ》しいのかな。

「ごちそう様でした。いやー美味かった！　これは宿に帰って来るのが楽しみになります」

「ふふ、よかった。今日の夕食も期待して下さいね」

おお、夕食にも期待しろってか。たまらんなぁ。ご飯が美味いって本当に素晴らしい、生きているって実感するぞ。

昼は出ないからどっかで済ませるか。何にしようかなぁ、このソルートンという街は本当においしい食べ物が多いから悩む。

どうにもこの世界はパンが基本らしいが、生粋の日本人としてはそろそろお米が恋しいところである。

「よし、お昼はお米が食べられるお店を探してみよう」

ベス用の犬装備が揃わない以上、ベスにモンスター討伐はあまりさせたくない。大事な愛犬だし。

かといって俺は戦力なし。となると、肉体労働か。

まだ朝八時前だが、冒険者センターは二十四時間開いているし、行って探してみるか。

ベスを引き連れ、美味いご飯を食べるための日銭稼ぎに出発。

ソルートンの中心部にある冒険者センター。大きな体育館ぐらいといった規模で、吹き抜けのロビーの壁にお仕事掲示板があり、そこに張り付けてある紙からモンスター討伐ではない、肉体労働系のお仕事をサーチ。

お、これなんか俺にピッタリじゃないかな。楽そうだし。

「うーん、楽だが……」

暇だ。

俺は今、広大な畑の真ん中にぼーっと座っている。

真夏の太陽が容赦なく俺の体に突き刺さる。

「暑い……」

しかし景色は素晴らしい。街からちょっと離れた北側、もう山のすぐ近くにある大きな畑。鳥が囀《さえず》り、緑と土の匂いがする風が俺の頬《ほお》をヌルっと撫でる。

「水分取れ、ベス」

「ベッス」

愛犬ベスに金属製の水筒に入った水を飲ませる。熱中症は怖いからな。

冒険者センターにあった『畑の監視』とかいう、単に椅子《いす》に座っていればいいだけのお仕事を受けた。こんなもんぼーっとしていれば終わる、世界一楽なお仕事だぜ。

畑にはトマト、ジャガイモ、大根、スイカ、メロンなどがある。どれもうまそうだなぁ。

畑のオーナーさんによると、たまに野鳥や動物が来るから追い払って欲しい、とのこと。

「なんとちょろい仕事か」

空を見上げると鳥が舞っている。美しい景色に心地の良い鳥の囀り。なんか心が洗われていくようだ。こういう癒しの時間も人生には必要だよな。

「ホエー」

変な鳴き声だな、あの鳥。

「ホエー」「ホエー」

ん、鳴き声が増えた。

「ホエー」「ホエー」「ホエー」

さらに増える。

「ホエー」「ホエー」「ホエー」

「ホエー」「ホエー」「ホエー」

倍に増える。

「ホエー」「ホエー」「ホエー」

「ホエー」「ホエー」「ホエー」

「ホエー」「ホエー」「ホエー」

「ホエー」「ホエー」「ホエー」

さらに倍、ドン。

ベスが警戒の姿勢を取り出した。

「どうしたベス……って、なんだありゃあ！」

ベスの視線の先の空を見ると、黒い雲のような物が浮いている。

快晴なのに、畑の上にだけ黒い雨雲。……いや、なんか蠢《うごめ》いているか。

「ホエー」「ホエー」「ホエー」

「ホエー」「ホエー」「ホエー」

あれ、もしかしてあの変な鳴き声の鳥の塊か？　ものすごい数だぞ！

「ホエー」「ホエー」「ホエー」

「ホエー」「ホエー」「ホエー」

黒い塊が大根畑に急降下。数羽が地面から出ている大根の葉っぱをくちばしでつかみ、せーので引っこ抜き空へ向かってブン投げる。そこに待ち構えていた蠢く変な鳥たちが、白い実を空中で瞬時にたいらげる。何羽かがチームを作り、実に効率よく大根を引っこ抜き食い荒らしているじゃないか。

「な、なんだあの鳥……器用すぎんだろ！　おいこら、大根を食うな！」

俺は慌てて長い木の棒を振り回す。

「いてっ……いたたたた！」

俺が必殺でたらめ振り回し攻撃を繰り出すも、周りが真っ暗になるほどの鳥に囲まれ、オールレンジで突っつかれる。

「やべぇぞ、こいつら……人間を怖がらないのかよ！　これはマズほっほうっ……！」

鳥の一羽が俺の股間《こかん》に体ごとダイブ。

「ほぉっ……ほぉぉっ……ほぉ……」

声にならない声が漏れ涙目になり、全身の血の気がサーっと引き、内股《うちまた》になりぷるぷる震えながらガクンと俺は崩れ落ちた。か、完敗だ、ぜ……。ベス、異世界で強く生きるんだぞ……。

「ベスッ！」

俺の愛犬が吼《ほ》えた。

その咆哮《ほうこう》は輝きを放ち、衝撃波となり鳥たちを襲う。まともに喰らった鳥たちが不自然に吹き飛んで行く。

「ホエー」「ホエー」「ホエー」

「ホエー」「ホエー」「ホエー」

危険を察した鳥たちが俺から離れていくが、ベスが前足の爪で鳥を威嚇するように空中を引っかく。

するとベスの前足から風切り音が鳴り、かまいたちのような鋭利な衝撃波が鳥たちを襲う。まともに喰らった鳥の集団がボトボトと落ちてくる。

「……べ、ベス……す、すげぇ……」

これが冒険者の力とやらか。俺には無いやつ……。

つーか、危険な状況下で力が覚醒するのって、普通俺なんじゃねぇの……。

犬、覚醒大活躍。俺、股間に一撃受けて震えながらノックアウト。

なんなんだよ……この俺にだけ厳しい異世界生活は！

そして全然楽じゃねぇぞ、異世界の畑監視ぃ！

「おーおー、やっとるなぁ」

しばらくすると、畑のオーナーであるおじいさんが見に来てくれた。

あれから俺たちは数度の鳥アタックを受け、猿が叫び、イノシシが暴れ、小熊が転がってくる被害を受けたが、全てベスが追い払ってくれた。

なんたる強犬、ベス。

「お昼にしようや」

オーナーさんが、家の庭で用意しておいてくれたバーベキューに誘ってくれた。そうか、いつの間にかお昼になっていたのか。

「おおおお、いいんですか！　すっげぇ！」

「あんた等がホエー鳥を捕まえてくれたけぇ、いい焼き鳥が出来たでぇな」

そういやあの鳥、ベスがかなりの数を撃ち落としていたからな。

「ほれ、食えや」

うわ、しかも炭火焼かよ！　高級品じゃないか！

皮がカリッ、中からじゅわーと肉汁が出てくる。これは美味い！

軽く塩をふっただけなのに、なんでこんなに美味いのか。

「いつもならもっと被害が出るんじゃが、あんた等たった二人なのにいつもの半分以下に被害が抑えられたでぇ、驚いてるけぇ」

はい、全てベスのおかげです。

俺、なんもしてません。

「いやぁ、うちの犬が強いんですよ。はは」

「ほー、すごいんだぁな。こんなかんわいい犬なんにのぅ」

ええ、すごいんです、うちの犬。もっと褒めてください。

「ほれ、ご飯もあるけぇ。食え」

ご飯？　ああ……お米だ、白いお米！　焼き鳥にお米はたまらん組み合わせ。

「ほほっ、いっぱい食って午後も頼むでぇな」

「はは！　お任せを！」

ベスと二人でモリモリご飯を食べた。

午後も鳥アタック、猿奇声、イノシシ乱舞、小熊転がりを上手《うま》くはね返し、規定の時間を終えた。

「はは、やったぜベス！　お疲れ」

「ベッス」

二人で感動の抱擁《ほうよう》。

「ほほっ、ようやったの。ほれ、報酬じゃけぇ」

オーナーであられるおじいさんがニコニコ笑い、封筒を手渡してくる。

「ははー！　ありがたく頂戴《ちょうだい》いたします……ってあれ？　金貨の枚数が多い……」

封筒に入ったお金を見てみると、予定の百G金貨一枚ではなく、百G金貨が二枚入っている。

これ、に、二万円ですよ？　いいんですか？

「あんたら、よぅ頑張っとったからのぅ。おまけじゃよ。あと大根にスイカにメロンにトマトを持っていきぃ。金無いんじゃろ？」

台車にこんもり野菜や果物が盛られている。

「い、いいんですか！　嬉しいです！」

オーナーさんに全身全霊で手を振り感謝を示し、畑を後にする。

「ははは、やったなベス」

「ベッス」

台車を引きながらベスとアイコンタクト。

「この新鮮な食材たち、これは宿屋のお姉さん喜ぶぞ。二百Gも手に入れたし、またしばらくあの宿屋でおいしいご飯が食べられる」

ちと台車が重く腕がプルプル震えだしたが、夕食のおいしいご飯を考えたらなんの苦にもならんのだ。

「うわっ、すごい食材！　どうしたんですか、これ」

「やりましたよお姉さん！　俺たち二人で勝ち取ってきた戦利品です！」

正確にはベス一人で、だが。

夕方、暗くなり始めた宿屋の前で俺、ベス、お姉さんの三人で盛り上がる。

「これは料理人さんが喜びます！　すぐ呼んで来ますね！」

お姉さんの呼びかけで厨房にいた料理人が飛んで来て、興奮しながら品定めをしている。

部屋に戻り一休み。ベスはベッドで寝てしまったが、夕飯までは少し時間があるからお風呂に行ってくるか。

「お姉さーん。俺お風呂行って来ますねー」

受付のお姉さんに声をかけてお風呂に行こうとしたら、お姉さんに呼び止められる。

「ちょ、ちょっと待って下さい！　わ、私も行きます！」

「え？」

お姉さんが慌てて宿屋の奥に走って行き、お風呂道具一式を持って来た。

この異世界は家にお風呂がついていない。街の何箇所かにある大きなお風呂屋さんに行くのが普通なのだ。まぁ、一部のお金持ちさんはお風呂付住宅らしいけど。

「ふふ、新しいシャンプーを買ったので自慢しようかと思いまして」

お姉さんが綺麗な容器に入った小さめのシャンプーを笑顔で見せてくれた。

へぇ、こういう文化は発展しているんだな。蓋《ふた》を開けて匂いをかいでみる。

「おーすっごい良い香りだ。柑橘《かんきつ》系ですかね。俺好きですこの柑橘の感じ」

「ほ、本当ですか？　良かった……ちょっと奮発したかいがありました！」

お姉さん、俺より年上なんだろうけど、すっごい可愛いなぁ。美人さんだしスタイルいいし、モテるんだろうなぁ。

他にバラの香り、ラベンダー、桃の香りがあって迷ったが、柑橘のこれにしたらしい。

温泉施設は宿から東にある港近くの商店街、そのすぐ横。街のあちこちに温泉施設があるが、そこが一番近いらしい。


お風呂。

お風呂。

お風呂。

ああ、分かっている。慌てるな男たちよ。

男湯、結構混んでいる。体に傷がある人が多い。さすがに危険な商売だしな、冒険者って。

しかし、良い筋肉をした男たちがわんさかいるな。その肉体一つで稼いでるって感じで格好がいいなぁ。体の傷自慢とか、いかにもって感じ。

うは、あの人の背中の筋肉すげぇな。重い武器振り回す系の人かなぁ。

え？　男湯の細かい筋肉描写はいらないって？　あ、そう？　じゃあ……。

女湯。見えない。以上。

……いや無理だって、真ん中にでっかい仕切り壁があるし。

俺だって見たいよ！　あんな美人のお姉さんの裸とか！　服の上からでも良い体なのは分か

るんだって！

仕切り壁を念入りに調べてみたが、覗《のぞ》くのは無理そう。

歴戦の勇者が頑張ってみた跡があったが、なんか血の跡があったのでそれ以上調べるのはやめた。いのちだいじに。


お風呂から上がり、売店で買った牛乳を飲みながらロビーで待っていると、お姉さんが慌てて女湯から出てきた。

「お、お待たせいたしました！」

「いえ、どうでした？　新しいシャンプー」

「ふふっ……さぁどうですか、三十Gもしたシャンプーの威力は！」

そう言い、お姉さんが長い髪をぐいぐい俺の顔に押し付けて来る。

「さ、三十、結構したんですね。うは、こりゃあ柑橘だ、いいですね！　うっとりしちゃいそうです」

三十Gっていったら日本感覚三千円になる。しかもこの手の平サイズの小さい容器で、となると結構お高いのでは。

「ふふふふ、いいんですよ！　うっとりしても！」

お姉さんがすげー良い笑顔で決めポーズをしている。

ははは、いやぁ楽しいなぁお姉さんと一緒にいると。良い人と出会えて本当に良かった。

慣れない異世界にベスと二人でどうしようか不安だったが、お姉さんといると笑顔になれる。

「ありがとうございます」

俺は聞こえないようにぼそっと呟く。

「え？　なんです？」

「なんでもないっす」

お姉さんが俺の腕をつかんでブンブン左右に振ってきた。

「何か言いましたよ絶対！　いいんですよ、照れなくても。ほら存分に褒めて下さい。さぁ、目一杯！」

「ははは、年上で言っていいのか分かりませんが、お姉さん可愛いなぁ」

俺のセリフを聞いたお姉さんが動きをピタッと止めて、顔がどんどん真っ赤になっていく。耳まで真っ赤だ。

「か、かかかかか……可愛いとか！　ひいいいいいい……！」

お姉さんは走って宿屋のほうに行ってしまった。

俺、変なこと言ったか？　やっぱ年上に可愛いってのは失礼だったのかな。

宿に戻り、二階の部屋で寝ているベスを起こす。

「そろそろ夕飯だってよベス」

「ベッス」

愛犬ベスを連れ、宿屋の一階の食堂兼酒場へ。

「あ、待っていましたよ！　さぁどうぞこちらへ！」

お姉さんが俺を見つけ、笑顔で手招きをしてくる。

案内されたテーブルには山盛りのメロン、スイカ。あと、おでん。

「うわっおでんだ！　ニンジン、練り物、ジャガイモ、と大根。すげぇ」

「ふふ、あなたが上質な大根を仕入れてくれたので、調理さんが頑張ってくれました」

おお、おでんとか異世界で食えるとは思わなかった。これは嬉しいぞ。

「いただきます！」

おお、いい感じに染みてるなぁ。底のほうに沈んでいる大根、頬張ると溶けるようにやわらかい。これはうまい。

「うめぇっす！」

「ふふ、よかった。あなたのおかげで他の宿泊客の皆様にもふるまうことが出来て、宿としては大助かりです！」

まわりを見るとあちこちでおでんが湯気を上げている。

そうか、頑張った甲斐《かい》があったなぁ。ベスもうまそうに食ってるし。

「そしてこれはあなただけのサービスです。今日はお疲れ様でした」

お姉さんが俺の耳元で囁《ささや》く。

出されたのはホワイトシチュー。ニンジンやジャガイモが星だったり、ハートだったりに切ってある。かなり手が込んでいるぞ、これ。そしてうめぇ。真夏におでんとシチューは汗が止まらないが。

「シチューありがとうございます。すごくおいしいです」

「ふふ、おかわりありますよ？」

俺は数杯シチューをおかわりした。本当においしかった。あとお姉さん良い匂いがしたなぁ。

部屋に戻り、残金を確認。ちょこちょこ生活必要品を買ったりしているから、二百Gから今日の宿代五十Gを引いた百五十Gが全財産か。単純に宿にあと三回泊まったら終わり。

「こりゃあ、もっといい仕事みつけないとなぁ」

あと、いつまでも宿暮らしってのもな。稼いで安い貸し住居でも借りたいが……それには結構まとまった額が必要そうだ。

「うーん」

また明日、冒険者センターでお仕事探すか。

とりあえず今日は疲れた。あと股間いてぇ。

あんのクソ鳥……ホエー鳥だっけ、でも焼き鳥は美味かったぞ。

「明日も頑張ろうな、ベス」

「ベッス」

ベスの頭を軽く撫で、俺は布団に潜り込む。

次の日早朝、目覚めと共に強い欲求が湧《わ》き、朝一で港方面に出向いてみた。

「刺身が食いたい」

カモメがワサワサ飛んでいて、潮の香り。海だ。そしてなんと青くて綺麗な海なのか。沖縄とか、そういうリゾート地の海の雰囲気。

船が行き交い、威勢のいい声が飛び交う。

「ええと、魚が買える場所はどこかな」

「おう兄ちゃん！　暇なら手伝え！」

俺が広い港をウロウロしていたら、背後から大きな声で呼び止められた。

海賊みたいな帽子を被ったおっさんで、おそろしくガタイがいい。肌は黒く、海で数々の手《て》強《ごわ》い海洋生物たちと戦ってきた証のキズがすごい。

「ほら！　船から箱くっから、ドンドンこっち運んでくれ！」

「え……いや、俺……」

意味が分からずおどおどしていたら、ぐいぐい背中を押されて、船から降ろされた魚の入った箱を運ぶ人間ベルトコンベアの一部にスッポリ組み込まれた。コンベアの皆さんもとんでもねぇ仕上がった体で、肉の分厚さが俺なんかじゃ比較にならないレベル。紙と熊ぐらい違う。

左側から手渡しで、リズミカルに右側の倉庫まで運ぶようだ。はて、熊が並ぶ真ん中に俺という紙が一枚配置されたわけだが……。

「ほれ！　リズムで動け兄ちゃん」

「うぬ……！　重ッ！　ほい、ほい、ほい、ほい、ほいぃぃ……！」

これ一個二十キロ以上あんだろ……！　なんでみんな平気な顔なんだよ！

「考えんな！　リズムリズム！　重さを感じる前にリズムでポンだ！」

海賊風おっさんの意味不明な応援。

「わっかんねーよ！　普通に重いって！　ほい、ほい、ほい、ほい、ほいぃぃ……！」

「ほい、ほい、ほい、ほい、ほい、ほい、ほい、ほいほい、ほい、ほい、ほい、ほ……！」

気付いたら俺は二時間ほいほい言っていた。

「ごへぇ……し、死ぬぅ……」

腕が全く上がらない状態になった俺は、倉庫の壁に斜めにもたれかかり、ピクピク震えながらヨダレをたらしていた。

「おぅ兄ちゃん！　よくやったな！　ほれ、日給とおまけの魚だ」

「うへへぇ……へぇぇぇ……」

「おう、また明日も頼むな！」

自分がなんて返事したのか、俺には分からん。何かは言った。

もう二度と近寄らないぞ、ここ。

ポケットにねじ込まれた封筒と、二十キロ以上はある何かよく分からない魚がこんもり盛られた箱を引きずり、俺は宿へ瀕死《ひんし》の帰還。

ここが異世界で魔法とかが使える世界なら、ぜひ移動魔法か、物を浮かせる的な魔法を覚えたい。

「ああ、いました！　どこに行っていたんですか？　ベスちゃんが不安そうにベスベス吼えていましたよ」

「ぇへへぇぇぇ……へへ……」

宿屋の前でウロウロしていたお姉さんが俺を見つけると、側に走ってきて腕をつかんでくる。

「ど、どうしたんですか……？　その顔」

顔？　ああ、そういや箱から元気よく飛び出してきた魚に噛み付かれたり、エサ寄越せカモメに突っつかれたりしたなぁ。

「さ、魚……オサシミたべ、た、い……」

「え？　お刺身ですか？　ああ、この箱すごいじゃないですか！　新鮮なお魚さん！　分かりました！　夜はお刺身にしましょうね」

箱を渡し任務完了した俺は宿屋一階の食堂の長椅子に倒れこみ、満足気な顔で意識を失った。

「……ぅ……オサカナコワイ……」

不思議な呪文《じゅもん》を呟き、はっと目が覚める。

長椅子に横たわった俺のお腹には毛布がかけられていて、その上に愛犬ベスがちょこんと座っていた。

「ベッスベッス」

俺が起きたことに気が付いたベスが顔にダイブしてくる。

「うは……うはは、こらベス……くすぐったいって！」

俺の顔にぐいぐい顔を摺り寄せてくるベス。悪かったよ、まさか昼まで帰って来れないとは思わず、一人で出かけてしまった。

異世界の教訓、二度と漁船には近付かない。


「あ、起きたんですね。すごいうなされていましたよ？」

お姉さんが心配そうな顔で近寄ってきた。多分、魚関係の怖い夢を見ていたんだと思います。

「あ、すいません……ご迷惑をおかけしたようで……」

「いえ、ベスちゃんと少し仲良くなれたので私は楽しかったですよ？」

俺がいない間、ベスの面倒を見てくれていたのか……申し訳ない。

ポケットの封筒がぽとっと落ちる。ああ、なんか海賊おっさんがポケットに入れてくれたな。

中身は五十G、五千円か、まぁありがたい。

「今、何時ですか……」

「ふふ、もうすぐ夕飯のお時間です。リクエストのお刺身の準備は万全です！」

ああ……そういやその目的で朝、港に行ったっけ。途中、記憶が飛んでいてよく覚えていない。

「みなさーん！　今日の夕飯のメニューはお刺身ですよー！　仕入れてくれたこちらのお兄さんに感謝して食べて下さいね、ふふ」

「おおおおおおー！　刺身！　刺身！　刺身の兄ちゃん最高ー！」

酒場のいかつい漢《おとこ》たちが吼《ほ》え出し、テーブルの上の食器たちが振動で横移動。

なんだよこれ、もはやボイス兵器じゃねぇか。

「やぁ、いつもすまないね。食材の提供、助かっているよ」

真っ白いエプロンにコック帽をかぶった、三十代ぐらいの男の人に話しかけられた。ああ、この宿屋の料理担当の人だ。ちょい彫り深めな顔だけど、すっげぇ美声。

「あの子、ここのオーナーの娘さんなんだけど、いつも不安そうに仕事をしていてね、気弱な性格じゃ冒険者相手の仕事は向かないからいつも泣いていてね……ちょっと心配だったんだよ」

この宿屋のオーナーの娘さん？　へぇ、そうだったんだ。気弱……？　確かに最初会ったときはそんな感じだったが、今すげー笑顔で元気だぞ？

「君が来てからかな、元気になったのは。あんな大きな声で酒場の男たちに話しかけるのなんて初めて見たよ」

俺の中でお姉さんは常に元気な人なんだが。

「いつも何かするとき、一人でしないといけないと思い込んで背負い込み、内向きな性格になっていたんだけど、誰かに頼る、誰かと一緒に行動をしてもいいんだとやっと気付いたようでね。おかげで名実ともに宿屋の看板娘になってきたよ」

そういえば俺、お姉さんのこと何も知らないな。可愛くて優しい人、と認識していた。

「僕が言うのもあれだけど……ありがとう、君のおかげだ。出来たらこれからも彼女の側にいて、彼女が笑顔でいられる時間を増やしてあげて欲しい。あ、夕飯のお刺身は期待してくれよ、それじゃ」

そう言い、料理人さんはイケメンボイスを残して厨房に戻って行った。

「さぁどうぞ！　豪華お刺身定食です！　召し上がれー」

入れ替わりで来たお姉さんが、笑顔で大きなお皿にこんもり盛られたお刺身を持って来た。

「うはっなんと豪華なお刺身！　あ、お米もあるんですか！　やった！」

「ふふふ、お刺身といったらご飯です！　ちゃんと炊きました！」

何かの刺身にワサビをちょいと乗せ、醤油をつけひょいと口の中へ。

「ああああ、美味い……！　なんの魚か知らないけど美味い……」

お次はご飯に乗っけて口の中へ……うおお……刺身にワサビと醤油《しょうゆ》と白いご飯……これはたまらん……日本人なら全員今の俺みたいな顔になるはず。

「ふふ、おいしいですね。あなたが持って来てくれたお刺身だから、余計においしいです」

俺の隣の席でお姉さんがもりもり刺身を食べている。

「……」

ぼーっとお姉さんを見る。俺は昔のお姉さんのことは知らない、でも今お姉さんはすごい良い笑顔でご飯を食べている。

「……なら、これでいいんじゃないかな」

「え？　なんです？」

赤身の刺身をついばみながらお姉さんが俺のほうを向く。あれ……？　よく見たらそのついばんでいる大皿、俺のじゃん！

「ちょ……それ俺の……」

「ふふ、ぶぶーです。これは私とあなたの二人分の大皿です。ほら早くしないと私が全部食べてしまいますよ？」

な……！　どうりで量が多いと思ったら、サービスじゃなくてお姉さんのも含まれてんのかよ！　やべぇ、食いっぱぐれてなるものか！

「秘儀……一列掬《すく》いぃぃぃ！」

俺は箸の上のほうを持ち、綺麗に並べられたお刺身を列ごと箸で掬った。

「あああああ……！　それ私の好物の白身の……！」

「ふふ、甘いですね、これは俺が持って来たお魚。俺に権利があるんです！」

「ま、負けません！　そりゃあぁ～」

と、二人で笑いながら大皿のお刺身を競うようにたいらげた。

第2章　キャベツの魔法使いラビコ様

「やあ、出かけるなら、ついでにキャベツを買ってきてくれないかな」

朝、冒険者センターに行こうとしたら、料理人のお兄さんに笑顔で呼び止められた。相変わらず良い声。

まぁ美声兄さんには毎日美味いものを食わせてもらっているしな。用事を済ませた帰りにでも買ってくるか、キャベツ。

歩いて冒険者センターに行き掲示板とにらめっこするも、今日はいいお仕事は無いな。仕方ない。

冒険者センターから出ると、海賊帽をかぶったガタイの良いおじさんに肩をつかまれる。ち、力つよ……。

「おぅ、元気か兄ちゃん。金に困ったらいつでも港に来いよ！　超ハードでデンジャラスでビューティフォーな仕事が待っているぞ！」

「ひっ……あ、昨日はありがとうございました……お魚おいしかったです」

海賊おじさんはガハハと笑い、向こうに行ってしまった。

ええと……すいませんが、たぶん二度と行かないっす。

帰りに港近くの商店街に寄ってキャベツを十玉購入。

「なんか俺最近、宿屋の食材仕入れ担当になっていないか？」

そしてキャベツ十玉、背中のリュックや両手に分散させてはいるが、かさばるしクソ重い。

本当に物をひょいっと浮かせる魔法とか無いのかよ、ここって異世界なんだろ？

「そういやこの世界に来て、魔法使いさんに会っていないな。つか魔法ってあるのかな」

いや、魔法が無いと異世界とは言えないだろ。

あるに決まっている。あってくれ。

俺が常宿にしている宿屋の酒場には多くの冒険者が集まるが、叩《たた》き潰《つぶ》す系ハンマーや、打ち砕く系のハンマーが似合いそうな屈強な漢たちばかりで、いわゆる魔法使いさんを見たことがない。

「いや……それは俺の偏見で、あの屈強な漢が魔法使ぃさんかもしれんが、それはそれで夢が壊れる」

魔法かぁ……せっかく奇跡の確率を超えて異世界に来れたのだから、使ってみたいなぁ。

「あ〜そこのオレンジの少年さ〜、そのキャベツもらってもいい〜？」

重量オーバーで腕が限界を迎え公園のベンチでダレていたら、杖を持ち、水着にお高そうなフード付きコートを着た女性に話しかけられた。キャベツ？

「……？」

「は、早くぅ〜……じゃないととんでもないことにぃ〜」

女性が大げさに苦しそうな動きをし、右手に持っている木の杖を何度も指してくる。なんだ？　新手のキャベツ寄越せナンパか？

「はぁ、一個ぐらいならいいですけど」

「早く～、こっちに投げて～」

なんなんだ……俺はキャベツを一個放り投げる。

「あはははははは！　きたぞきたぞ！　これさえあれば私は天をも統べる力を得るのだ……！」

女性は俺が放り投げたキャベツを杖の先端に刺し、受け止める。杖に刺さったキャベツを高々と空へ掲げ、人が変わったように笑い出し、ニヤニヤと俺を見てくる。

……水着で美人さんだけどなんか怖いし、関わらないほうがいいな。

「じゃ、俺はこれで……」

「はぁ？　この私のことを知らないって言うのか……？　待て少年。君は実に運がいい、なにせこの私に興味を持たせたのだからな。どうだ、私を雇ってみないか？　今なら格安で受けようじゃあないか」

そりゃあ初対面ですし、知らないですよ。もしかして前世でどうとかいう時空系ナンパで、数分一緒に歩いたら高額請求されるタイプ？　無視無視、帰ろ帰ろ。

しかしキャベツかぁ、宿の夕飯に使うのかな。俺はそのままが好きかなぁ、千切りにソースとかマヨネーズかけて食うの。

そういや醤油はあるんだから、他の調味料もこの世界にありそうだな。今度探してみよう。

「おい無視すんな。世界に名を馳せる大魔法使いである、この私が下に出ているんだぞ！」

しかしキャベツ重いなぁ、早く帰って美声料理人さんに渡そう。

「ちょっ、おい待てって！　ちっ……スゥ、せーのっこんなお金なんていらないの、お願い私を捨てないでー！」

女性が大声で演技っぽく叫ぶ。ちょ……おい！

周りの人が俺たちを見てザワつきだす。やばい、なんか別れ話がもつれた男と女に見られているっぽい。そして金で強引に解決しようとしている俺が悪いようなストーリー。

「ま、待った！　と、とりあえずお昼どうですか……お、おごります……」

女性の目がギランと光り、俺の左手のキャベツ袋を持つ。

「あっはは〜少し持ってあげる〜。大丈夫、キャベツを持つのは慣れているからさ〜。ごっはん、ごっはん、おごりご飯〜」

泣き真似をやめ、女性は笑顔で鼻歌を歌いながら歩き出す。

く、多分絶対選択肢ミスった。

こいつ、関わらないほうがいい系の人だと思う……が、もう遅いっぽい。

女性と二人並んで宿まで歩くが、何が楽しいのか右手の杖をリズミカルに振り回してくる。

「……あの、キャベツの刺さった杖を振り回すのやめてもらえないですか……」

「いやぁ今日はいい日だ、まさかこんなに面白い少年と出会えるとはな。寄り道をして正解だったよ」

俺の忠告は全く聞こえていないようだ。

周りの人の迷惑だから、キャベツの刺さった杖を元気に振り回すのをやめて欲しいんだが。つかキャベツ一玉って結構重いぞ？　よく軽々と……。

見た目だと、俺よりちょっと年上ぐらいの冒険者さんかな。キャベツの刺さった杖を持ち、水着にフード付きロングコートを羽織るという独特のファッションの美人さん。キャベツの刺さった杖を振り回していなければ、スタイルのいいモデルさんみたいで、男なら絶対に振り返る系の顔も体も整った女性。

しかし……水着にロングコートって……エロいな。

お昼前、大量のキャベツを抱えて宿に帰宅。

「ただいまーっす。キャベツ買って来ましたー」

「あ、はーい。お疲れ様でした、今日はいいお仕事は無かったんですか……」

宿のお姉さんが俺を見て固まった。

正確には、俺の横の女性を見て固まった。

「な、なな、な……なんですかその水着にキャベツの女性は！」

お姉さんが叫ぶ。うん、実に的確な言葉だと思う。

「ん？　私のことか？　ああその通り、私は魔法使いさ」

話がかみ合っていない。

「あ、えーと、キャベツを運ぶのを手伝ってくれると言うので、それではお礼にお昼をご馳走しようかと……」

俺が間に入りフォロー。余計な部分は削ぎ落したが、大体合っているだろ。

「あ、そ……そうなんですか……それはどうも……」

お姉さんが警戒モードのままお礼を言う。

「あっはっは、お礼なんかいらないよ。私はさっきこの男の物になったんだから、尽くすのは当然のことだし」

「……？　ちょっ……どういうことなんですか！」

キャベツの人の言葉を聞いて宿のお姉さんが激昂する。

この女性さっきもそうだったけど、ニヤニヤ笑っているし、絶対にワザとトラブルが起きそうな言動をして面白がっているだろ。

あー、異世界ってセーブポイントないんだっけ？　さっきの出会いの選択肢、やり直したいんだけど。

とりあえず約束通り、お昼ご飯。

焼き魚定食が本日のランチメニュー。ここの調理さんはかなりの腕前の料理人らしく、出て来る物はなんでもうまい。

「あっはは～、おいし～。おごりご飯ってこんなにもおいしいものだったとは～」

「…………………」

宿のお姉さんが睨《にら》む。

ご飯は楽しく食べたいなぁ……。あれ、水着の女性、なんとなく口調がとろくなってきたような。

「それで、これはどういうことなんですか」

俺の左側に座ったお姉さんが右手で小突いてくる。

「あ、いや、それがその、俺もよく分からない状況でして……」

「あなたの物……とか……尽くす……とか……それって男女の……」

お姉さんの顔が赤くなる。いや、そういうんじゃないですって。

俺はお姉さんに細かにいきさつを説明した。

「そう……なんですか……。まぁ信じますけど……キャベツ渡したら豹変《ひょうへん》ってなんなんですか、この人」

「いや、俺もさっぱり意味不明で……」

俺の右側でもりもり焼き魚定食を食べている、キャベツの自称魔法使いさん。そのご飯の食べっぷりは素晴らしいが、関わらないほうがよかったかなぁ。

「あ……ああ～……ぅぅん……」

「ん……？」

さっきまで元気に焼き魚定食を食べていた魔法使いさんから、か細い声が漏れ出した。見ると肩をすぼめ、元気なくうつむいて震えている。

「ど、どうしたんですか！　具合でも……」

「あ、大丈夫～。私、こういう人だから～」

どういう人なんだよ。あれ？　杖に刺さっていたキャベツが小さくなっているぞ……みるみる小さくなって……完全に消えた……。

「え……ちょっ……なんかおかしいですよ！　この人！」

お姉さんが立ち上がって距離を取る。出来たら俺も距離を取りたい……が、魔法使いさんが俺のジャージの裾《すそ》をがっちり掴んでいる。

「あっはは～、使いきっちゃった～。まぁ帰る必要も無いし～しばらくここでいいか～、雇い主も決まったことだし～」

「雇い主？　なんですか、それ」

水着の女性の言葉に宿のお姉さんが首をかしげる。なんか嫌な予感。

「あれ～？　さっき言ったけど～？　私はこの少年の物って～。社長に尽くすのは部下として当然というか～、あっはは～」

さてと、俺はもう一回冒険者センターに行って、稼げるお仕事を探してくるか。

「おや〜？　社長がまた何か面白いことをしてくれるのかな〜？」

女性が楽しそうにニヤニヤと笑い、トラブル回避の為にその場を離れようとした俺のジャージをつかんでくる。くっ、気付かれたか。

俺は会社を興した覚えは無い。そして誰かを雇う余裕も、当然無い。

実際、この宿屋の料金支払うだけで精一杯なんだっての。

「えーと、落ち着いたのならここで解散しましょうか。俺はあなたを雇った覚えもないし、そんなお金がまず無いです。俺は頼まれたキャベツを買いに行った帰りに、あなたがどうしても欲しいと言うからキャベツを一個あげただけ。そしてキャベツを運んでくれたからお礼にご飯をおごっただけ」

ちとキツイ言い方だが、【これ以上この人には関わらないほうがいいと思うぞ俺メーター】の針が振り切れている。

「でも〜、キャベツ貰っちゃったし〜。なんだか不自然なぐらいのトラブル続きでソルートンに来てみたら〜、見つけてくれ、と言わんばかりの派手な格好をした、おっもしろそうな少年見つけちゃったし〜。そしてもう私、帰る気ないし〜。あっはは〜」

俺の強めの言葉をサラリとかわし、女性がニヤニヤ。さらに俺自慢のオレンジジャージをビョンビョン引っ張り、面白いオモチャを見つけた、という嬉しさが隠せない笑顔で俺を見てくる。

不自然なトラブル？　ソルートンに来た？　この女性は外部から来た人で、街の住民ではないのか。

そして喋り方が本当に間延びする感じになったな。キャベツが無いと、力が出ないのだろうか。

――聞いてみると、どうもこの人は本当に魔法使いさんで、キャベツのエネルギーを魔力に換えるらしい。

杖にキャベツを突き刺すと杖がキャベツを吸い取り、魔法使いさんの体が活性化し、普段より強大な魔法が撃てるようになるらしい。

さっき出会ってから効果が切れるまでは……一時間といったところか。

「ようするにあなたはキャベツ一個で一時間、強い魔法使いになれるってことですか？」

「理解が早い少年は好きさ〜。その通り〜、なので今後ともよろしく〜。あっはは〜」

いや、俺にあなたを雇うお金は無いって。

「じゃあ私も社長が住んでいる、この宿屋にお世話になるか〜。とりあえず前金で一万G〜」

「い、いちまんG！　す、すごい……あなた何者なんですか……」

お金を受け取った宿のお姉さんが驚いている。いや、俺も驚いた。一万って、すげーお金持っているのな……。一万Gって日本感覚百万円だぞ。それをポン、と。

「私は高レベルで世界に名を馳せる系の魔法使いさんなので〜、上位クラスの魔法もお手の物〜。この世界に数人いないかな〜？　なので〜、一時間で一万Gぐらいは余裕で稼げちゃうんだよね〜。あっはは〜」

「……！」

俺とお姉さんの動きが固まる。

俺はジャージのポケットを探り、空気を読まず言い放つ。

「俺の全財産、百Gしかないぞ」


よく分からんキャベツ騒動から一夜が明けた。

「おはよ～ござぁいま～す……」

キャベツの魔法使いさんが、宿の二階から混み合う酒場兼食堂に下りて来る。

「おはよ……ちょっ！　その格好はマズイですって！」

「おおおおお！」

その場に居合わせた男たちから歓喜の声が上がる。それもそのはず、彼女の格好はブラジャーとパンツのみとかいうワイルドスタイル。

「え～？　なに～？」

「魔法使いさん！　それ、下着ですよ！　早く服を着て下さい！」

俺の声に不思議そうな顔で首をかしげ、彼女は言い放つ。

「下着～？　これ水着だけど～。私、寝るときも水着のままだから～」

「マジか」

それならいい……わけねーだろ！　あーもう面倒だな！

俺はスプーンを置き、階段を脱兎《だっと》のごとく駆け上がり魔法使いさんを勢いよくお姫様抱っこで持ち上げた。

「おおおお〜？　これはこれは……もしかしてとんでもなくエロ〜いことが起きるのかな〜？」

「いいから黙って下さい！　部屋はここですね！」

魔法使いさんを抱えたまま彼女の借りている部屋に入り、昨日着ていたロングコートを羽織らせた。

「せめてこの格好にして下さい。ここは結構荒くれ者な男たちが多いですから、ああいう格好はだめです！」

宿のお姉さんが下心を持った男たちに毎日ちょっかいを出されている状況だってのに、肌露出率激高の水着はあかんって。

「ぶふ〜、なんかお父さんみたい〜。社長は心配性のお父さんだったのかな〜、あっはは〜」

意味わかんねーっす。

食堂に戻り、朝食再開。宿のお姉さんが俺の左に、水着の魔法使いさんが右に座る。あれ、なんか挟まれたぞ、俺。まぁいいか。

「このヨーグルトにかかっているオレンジジジャムうめぇっす」

「ふふ、それはうちの料理人さんの手作りなんですよ？　おいしいに決まっています」

宿のお姉さんが良い笑顔で答える。ほほう、あのイケメンボイス料理人、やるじゃないか。

愛犬ベスもイケメンボイス料理が気に入ったようで、鼻息荒くがっついている。

「それはそうと……さっき下着姿の女性を無理矢理抱えて部屋に連れ込んだそうじゃないですか」

宿のお姉さんがジト目で俺を見てくる。

ふむ、さっきの出来事を簡単に表現するとそうなるな。

本人曰《いわ》く水着、だが。

「朝からそんな大胆な変態少年がいたんだ〜、こわ〜い。あっはは〜」

「魔法使いさんは黙っていて下さい」

宿のお姉さんが怖い……。ああ、なぜかまたご飯時にトラブルが……。

「あの〜……」

「だから魔法使いさんは黙って……」

宿のお姉さんの言葉の途中で魔法使いさんがすっくと立ち上がり、自分の胸を指す。ああ、水着に包まれたそのお胸様はとても大きいぞ。

「さっきから魔法使いさん魔法使いさんって〜、私にはラビィコールっていう立派な名前があるから〜」

「あ……ご、ごめんなさい……お名前聞いていなかったですね」

宿のお姉さんが申し訳なさそうに謝るが、そういや俺、お姉さんの名前も知らないぞ。

「社長は私のことをラビコ〜って、愛情込めて呼んでくれていいんで〜」

「あ、ず、ずるいです！　わ、私も名前で呼んで欲しいです！　ロゼリィです！」

お姉さんが顔を真っ赤にして名乗る。あー、でも二人共、年上だよね？

「はい、覚えました。ラビコさんに、ロゼリィさんですね。了解です」

「社長〜……ラ・ビ・コ。さんとか、距離感じて嫌かな〜あっはは〜」

魔法使いさんが不満そうに俺に迫ってきた。ロングコートからチラと見える太ももがたまんないっす……。

「私も嫌です。さん、とか他人みたいで……」

いや、敬称は必要なんじゃゃ……でも本人たちが言っているからいいのか？

「じゃあ……ラビコにロゼリィ……ですね」

「ほ〜い」

「はい……！　嬉しい……！」

知り合ったばかりの女性を呼び捨てにするのはちょっと気が引けるが、まぁ、いいか。

ああそうそう、なんだかなし崩し的に社長とか呼ばれているけど、これだけははっきりと言っておかねばならん。

「それでな、ラビコ。俺、お前を雇えないからな。百Gしか無いって言ったろ」

「大丈夫〜貸しにしておきますよ〜っと。私も鬼じゃないし、一日一万Gずつ借金だね〜っと、あっはは〜」

全財産百G、日本感覚一万円の俺がどうやったら毎日一万G、百万円を支払えるのか。これを解決するミラクルな方法が合法であったら教えてもらいたい。ぜひ、緊急で。

「一日一万G……」

朝食を終え、俺は街の中心部にある冒険者センターの求人掲示板を眺めながら高給な仕事を探す。よく分からないが、会社を興してもいないのに俺は社長になり、優秀な社員を一人抱えることになった。給料未払いは社長の名にキズがつくので、どうにかしないとならん……が。

「……無理無理。一日一万G稼ぐのには、冒険者でも高レベルの上位職、それか有名人でもなければ叶《かな》わない夢物語だ」

下っ端冒険者の相場は大体半日〜一日働いて百G、日本感覚一万円いけばいいほう。一日百万円のお仕事なんて、田舎の港街にはそうそう転がってはいない。

無名の下っ端でも受けられる、高レベルモンスター討伐戦の囮《おとり》役みたいな、超危険なお仕事はそこそこ高額だが、命と引き換えなので却下。

「つか俺、社長じゃねーし」

俺の職業は街の人。武器もまともに扱えず、戦力はゼロ。

愛犬ベスはなぜか白銀犬士とかいう上位職……ん？

「そういやベスは上位職なんだっけか。しかし大事な愛犬をダシに使ってお金を稼ぐのは……無しだ。ありえねぇ」

ありえねぇが、俺は舌の根も乾かぬうちに求人掲示板の横に貼ってあったチラシ、『本日開催！　第十五回ソルートン名物ペットレース大会』とやらにベスを登録。ペットであればなんでも参加可とかういう緩いルール。こんなもん、うちの無敵のベスなら余裕だろ。

優勝賞金は五千G。日本感覚五十万円か、ヨダレが出るぜ。

会場は俺が泊まっている宿屋の南側の砂浜。ジリジリと肌に突き刺さる日差しに耐えつつ他の参加者を見てみるが……俺はここが異世界だということを忘れていた。

「なんだあれ」

レースのスタート地点にはよく分からない羽の生えたトカゲとか、巨大カンガルーみたいな化《ば》け物《もの》なんかがひしめいている。強そうな相手だ……だが俺にも引けない理由がある。

ルールは単純で、砂浜を駆け、いかに速く目的地に着くかだから危険は無いだろうと、俺は純日本産柴犬で参加。

「それでは第十五回ペットレースの開幕だ！　準備はいいか荒くれ者たちよ、これはルール無用の非情なレース。ペットがケガをしようが文句は一切受け付けない！　だが見返りはでかいぞ、さぁ走れ、欲にまみれた参加者たちよ！　優勝賞金目指してぇぇ……レース、スタート！」

司会者の流暢《りゅうちょう》な前口上と共に、レースが始まった。

ん？　ルール無用？　非情なレース？　そんなこと書いてあったっけ？　そういや大会参加

ルールがチラシに細かく書いてあったけど、詳しくは読んでいないな。まぁいい、とにかくゴールまで駆け抜けりゃあいいんだろ！

「いっけええええベス！　ごっじゅうまん！　ごっじゅうまん！　ごぉおっっじゅううぅ……」

金に目のくらんだ俺が応援席で周囲の人が引くレベルの応援をしたら、大会運営者に注意され つまみ出されてしまった。それを見たベスがレースほっぽりだして大会運営者に吠えまくってルール違反で退場。そういうルールはあるのかよ。

司会者の言った、ルール無用ってのはどこいった。


「はぁ、変な下心を出した罰だな……」

レースは羽の生えたトカゲが優勝したらしい。

……あれ、多分ドラゴンだろ。

一応参加賞は貰えた。塩一キロ。

「塩うめぇ」

塩を舐《な》めながら宿に帰還。

「おかえりなさい。レースに参加したんですよね、どうでした？」

宿のお姉さん、ロゼリィがワクワクしながら結果を聞いてきたが、俺が真顔で袋に入った塩を舐めているのを見て、無言で宿屋の受付の仕事に戻っていった。

「塩うめぇ」

翌日午前中、一張羅のオレンジジャージを洗っていたら天啓が降りた。

「服を買おうと思う」

俺は宿屋のお姉さん、ロゼリィにそう言い放った。

「別にその服かわいいと思いますけど……」

俺は異世界であるソルートンという街に突然降り立った状況なので、着の身着のままで来てしまった。

……つうか万全の準備で異世界に来た人はいるんだろうか。

俺が宿の外にある宿泊者なら誰でも使える洗い場を借り、洗濯しながら大事に着ているのは、高校の学校指定ジャージ。しかも真オレンジという目立ちっぷり。

港で海賊おっさんに呼び止められたり、キャベツさんことラビコに見つかったのも、この目立つ服のせいだと断定。唯一の日本からの持ち込み品で思い入れはあるが、どう贔屓目《ひいきめ》に見てもダサイし。

「いや、俺は服を買う」

断固たる決意だ。俺は異世界で目立たず平和に暮らしたいんだ。

「そうですか……では午後からなら私も行けますので、一緒に行きましょうか。ふふ」

昼食後、宿屋の前でロゼリィの準備を待つ。ラビコはまだ寝ている。

「ベスはお留守番な」

「ベッス」

軽く愛犬ベスの頭を撫でる。

「お、お待たせいたしました……雑誌に攻めの姿勢が大事とあったので、短めの服を選択してみました！」

「おおお……」

ロゼリィがミニスカートとな……！

普段着ている長めのスカートとかではなく、肌の露出が多めの服。髪もいつもの下ろしているだけではなく、ポニーテール。慣れない格好で恥ずかしそうにしているが、うーん、かわいいぞ。

「あれ、口紅ですか？」

ロゼリィの唇がほんのり紅い。

「ふふふ……見てください、このバラのマークの口紅を！」

そう言ってロゼリィはカバンから小さい筒を出した。紅く綺麗に塗装され、バラの模様がロゴマークのように入っている。メーカー品ってことか。

「八十Gもしたんです！　もうドキドキしながらお金を支払いました！　これとても人気のブランド物でして、私の憧《あこが》れだったんですが、思い切って買っちゃいました」

は、八十G……ってことは八千円ぐらいか。結構お高い物だ……。

「あれ、バラの香りがするんですね。これは上品な口紅ですね」

俺は吸い寄せられるようにロゼリィの唇に顔を近づける。色もどぎつい赤ではなく、薄く紅色。

「ふひっ…………！　あああああ、あ、あ……」

おや、ロゼリィが唇だけじゃなくて、顔まで真っ赤になってきたぞ。

「あれれ～？　これ、ちょ～っと押したらマウストゥマウスになるんじゃ～、えいっっと～」

俺は背後にキャベツの気配を感じ、右に避《よ》けた。

「あ……ああ……あああぁ……はぁぁ……」

ラビコが頭を押そうとした手を、俺は見事に華麗にかわす。

ロゼリィが悲しそうな顔になっているのはなぜか。

「ラビコ、いたずらは感心せんな」

水着にフード付きロングコートを羽織った女性、ラビコに注意をする。

「ええ～？　お昼で賑わう宿屋の前の往来でキスをしようとしていたので～、イラ☆ッときちゃって～」

ラビコが不満そうに反論してくるが、キ……は？　俺はそんなことはしていないぞ。

「や、やや、や、やっぱりキス……なんですか！　今そういうことしようと……！」

「ち、違……ロゼリィ、俺は口紅を間近で見ようとしただけで……！」

やばい、気付いたら周囲にかなり人が集まっていて、野次を飛ばされている。主に俺に。

「うぅぅ……ってことはラビコさえ来なければキスして貰えた……ぐぅぅ」

ロゼリィが震えながら涙を流している。いやいや、身の程をわきまえた童貞の俺が、そんな大胆なことをするわけないでしょう。

なんだか知らないが目立ってしまったので、とりあえず宿屋から移動しよう。俺はロゼリィの手をつかんで商店街を目指す。

「おやおや〜あれれ〜？　社長って結構大胆〜。なんだかいたずらのし甲斐がある、面白い人たちと知り合えたかも〜、あっはは〜」


宿から東にある商店街。その中でも服屋さんが固まっている場所に来てみた。

「えーと、服が売っているのってこの辺ですかね」

防具屋ではなく服屋さん。防御力はゼロで、見た目にステータス全振りの物。

「……ほわ……ほわ……」

「ロゼリィさーん。おーい、聞いてますー？」

ロゼリィが自分の右手をぼーっと見ている。

「……力強くて優しい握り方…………はっ！　こ、ここはどこですか？」

もうフォローしなくていいよね？

「失礼いたしました……コホン。はい、この辺りが最近流行りの物が買えるところですね。ちなみに、どういう服をお探しなんです？」

「え、うーん。フィーリング？」

ロゼリィの質問に口ごもってしまったが、特に理想は無い。安くて動きやすくて、今のオレンジジャージよりオシャレなやつ……かな。

「……一応冒険者さんなのですから、鎧《よろい》とかどうです？」

「あ、いえ普段着に使える物が欲しいかなぁと」

俺の答えにロゼリィがうーんと少し考え、近くにあった防具屋に飾ってある鎧を指す。さすがに普段から鎧はなぁ、異世界っぽくて憧れはするが。

「なんだか最近、出かける度におケガをして帰ってくるので、私毎日心配で……。ケガを減らす意味でも鎧を装備して欲しいです」

俺が心配……！　ロゼリィ……なんてええ子なんや！　でも鎧は高いしなぁ。

「鎧や装備品は攻撃を直接防ぐばかりではなく、見た目の力も大きいと思うんです」

見た目の力？　なんだろう。

「例えば、普段着の私が包丁を持って切りかかって来たときと、宿にたくさんいらっしゃる、ゴッツゴツの鎧を着たゴリラさんみたいな見た目の大男にハンマーで襲われた場合、どちらが怖いですか？」

そりゃあ……ゴリラかな。

「私たち生き物は、自分より大きな相手に恐怖心を覚えます。ですから動物たちは自分の身を守るとき、自分の体を大きく見せるように手を広げたりして威嚇するんです。それはモンスターにも言えることです」

なるほど、そういやそうだな。

「薄着で弱そうな見た目だとモンスターに何も警戒せず襲われたりしますが、見た目が強そうな相手には警戒をして攻撃をする頻度が減ります。これが見た目の力だと思います」

おお……何もせず敵の攻撃回数を減らせる……と！　結果、こちらのケガも減る、と。

「宿の酒場によくいらっしゃる、ゴツゴツ鎧で大きい剣やハンマーを持っている冒険者さんの何人かは、使えないのに威嚇する為だけに持っているとおっしゃっていました」

マジかよ！　あいつらそんな計算ずくな行動だったのかよ！　なんにも考えていないように見えたのに。

ロゼリィに説得され、一応俺は防具屋さんに来てみた。

ナイトの鎧、千G。凶戦士の鎧、千五百G。ミラーアーマー、二千G。

「た、高いなぁ……」

日本感覚十万、十五万、二十万円ぐらいか。

どう逆立ちしようが買えない値段だぜ。最近収入ないからなぁ。

「あっはは～、そんなお金の無い少年に～、とっても良いお話があるんだけど～」

お金か命か、みたいな天秤を頭に浮かべていたら、背後から急に話しかけられた。水着にロングコート姿の女性がニヤニヤ……ってラビコじゃん。ついて来たのかよ。

「せっかく尾行していたってのに～、キスの一つもしやがらないから～、飽きて話しかけちゃった～。あっはは～」

そういう心の声は、聞こえるように言わないで下さい。

「じゃ、邪魔しに来たんですか！　せっかく二人きりなのに……」

ロゼリィが敵発見！　の目でラビコを見る。

「ロゼリィさ～、なんの為に露出多めにしたの～？　さっさとパンツの一つでも見せて襲っちゃえばいいのに～。あっはは～」

「私はあなたとは違うんです」

二人が笑顔で睨み合っている。うーん、怖い。

店員さんが見ているし、これ以上のトラブルはアカン。面倒だが止めるか。

「で、良い話ってなんだよラビコ」

「つとぉ、目的はからかいじゃあなかったっけ～。良いお話のほう。社長はお金が無いんだよね～？」

ラビコが横からの俺の言葉に我に返り、ニヤニヤと俺を見てくる。ああ、お金なら無いぞ。

「私への借金も毎日増えるばかりで～、未来はお先真っ暗～。でも私は社長のことを気に入っているから～、いつまでも待つよ～。そして～こうなったら借金が多少増えたところで～、誤差だと思うんだよね～」

つーか俺、ラビコを雇った覚えはないぞ。ホラ、契約書類とかないし。

え、無理？　口約束でも逃げられないの？

「二人は〜、私が高レベルな大魔法使いだってことを忘れてない〜？　当然装備品だって一級品をたくさん持っていて〜、中には国宝級の物まであって〜」

大魔法使い、うーん……ってか俺、ラビコが魔法使ってんの見たことないんだよな。まぁ、嘘ではないのだろうが。

「私の自慢のコレクションから〜、何点か貸し出してもいいんだけど〜？」

貸し出す？

「レンタルアーマー始めました〜ってことかな〜。あ、お金は出世払いでいいよ〜。あっはは〜」

話を聞くと、ラビコは数多くの大規模戦闘に主力として参加したことがあるらしい。魔王クラスとも戦ったとのこと……って魔王ってやっぱいんのね、この世界。で、そのときの戦利品をあちこちの国の倉庫に厳重に保管しているとか。

「ラビコって、すごい魔法使いなんだな……なんか信じられないけど」

「あっはは〜、いつか見せてあげるよ〜。社長にドーンってね〜」

俺に撃つのはやめろ。この異世界に来て初めて見る魔法は、ぜひとも違う形にしてくれ。

うーむ、お金は無いが、命は惜しい。

ならラビコに頼るのも一つの選択肢か。いいさ、稼いで返せばいいのだ。

俺だって男だ、覚悟を決めた。……もちろん頑張るのは主に愛犬ベス、だが。

「確かに今の社長には冒険者の力は無いかもだけど～、人と人を繋ぐ不思議な力があるって気付いてる～？　それは私には無い～とっても強大な力～。私が社長の部下になったのは、そういう王の力を感じたから～ってね～。あっはは～」

「お、王？　おぅ……あのなラビコ、いきなり長いセリフで冗談言うなよ」

ラビコは笑みを浮かべ、じーっと俺を見ている。いつもの面白がっているニヤニヤ顔ではない。え、なんなのこの人……。

とりあえずラビコにそのレンタルアーマーとやらをお願いし、宿に帰還。

また借金が増えるのか……。

「今日の夕飯は湯豆腐です。みなさんいっぱい食べてくださいねー。ふふっ」

俺が常宿にしている宿屋一階の酒場兼食堂。そこに看板娘ロゼリィの元気な声が響く。

「あっはは～お酒がおいしい～。ああ、大人って最高～」

俺の右隣でぐいぐいとお酒を飲む、水着にフード付きロングコートを着たラビコ。聞くと、ちょうど二十歳なんだと。

「それで社長さ～、この街は旅立ちの街と呼ばれていて～、多くの冒険者が憧れのこの街に訪れ～、ここから冒険者としてのスタートをぉぉひっく、きるのさ～」

こいつ、絡み酒か。あ、俺の豆腐食ってんじゃねーよ！

「おいしい～豆腐。あ、生姜《しょうが》と鰹節《かつおぶし》はどばっと入れちゃって～」

なぜ俺がお前の食う豆腐のセッティングをしなければいけないのか。うーん、早く部屋に帰りたい。

「それはなぜかというと～、かつてここからスタートした～……はふはふ、かの有名なルナリアの勇者が～」

「あ、それなら私も知っていますよ。冒険者のみなさんの憧れですよねー」

ある程度配膳の仕事を終え、ロゼリィが俺の左隣に座った。

最近俺の右にラビコ、左にロゼリィが当たり前のように座る。なんでだ。

「月の力を操る月下の勇者、格好いいですよねー」

「はん、あんなのただの女ったらしだねぇ～。あ～お豆腐おいしい～。で～そのルナリアの勇者が仲間を集め、旅立ったのがこの港街ソルートンなんだよね～。みんなそれにあやかってここに集まるの～。うっふ」

お酒のせいでいつも以上にラビコの滑舌が悪く、いまいち話が入ってこない。適当に聞き流しておくか。

俺も生姜多めの鰹節どばっと……おぉ……うめぇ。

レンタルアーマーの話は、今すぐには用意出来ないからしばし待て、とのこと。

それからご機嫌に飲みまくったラビコだったが、急に大人しくなった。なんだか右腕に柔らかいものが当たる。

「すこ～……」

「あ、ラビコ寝ちゃいましたね。寝顔はかわいい、ふふ」

寝てんのかよ。はあ、しゃあねぇ。

「俺、部屋まで運んで寝かせてきます」

ロゼリィに片付けをお願いし、ラビコを抱え、宿の階段を上がる。

それに気付いた酒場の常連、実は計算高いゴリラ戦士たちに冷やかされたが、気にせずラビコの部屋へ。

ラビコの部屋は何も無い。

杖に小さめのカバンだけ。

まぁ、渡り鳥の冒険者なんて余計な物は持ち歩けないしな。ラビコをベッドに寝かせ、布団をかぶせる。

「うぅん……オレンジの……変な奴ぅ……」

なんか言ってら。って俺のことか？

「うひゃひゃ……すりゃあぁ！」

ベッドから離れようとした俺の背後で奇声が聞こえ、羽交い絞めにされる。

「うなっ……！　こらラビコ！　寝ぼけてんのか！」

「背中……大きい背中ぁ……おとうしゃ～ん……」

「…………」

俺はしばらくそのままで、ラビコが静かになるのを待った。

おやすみ、ラビコ。

第3章　宿屋メニュー改革とレンタルアーマー計画様

「金が尽きた」

「ベスッ」

宿屋一階の食堂、いつもの席で愛犬ベスと大げさに抱き合う。

「ふ〜ん？　ベスほどの冒険者なら〜、国で募集している大規模戦闘にでも参加すればすぐに大金が〜……」

「だめだ！　ベスは俺の大事な家族なんだ……」

俺の隣でフルーツジュースを飲む水着の魔法使い、ラビコの言葉の途中で俺は叫ぶ。

「でも〜聞いたら〜、少し前にベスをダシにレースで儲《もう》けようとしていたとか〜。ね〜、社長〜」

「う……あ、あれは一時の気の迷いで……危険が無いと判断して……」

ちっ、なんで知っていやがる。

ちょっと前にお金目的で参加したペットレース。俺の常軌を逸脱した応援が目に余る、ということで会場からつまみ出されてしまった。だがそれに怒ったベスが、大会運営スタッフに吠えてしまって退場になったやつ。

「あのレース昔から知っているけど〜、結局は強い者の勝ち、なレースだったような〜？　途中で相手の妨害自由で、結構過激なレースだよ～？」

そ……そうだったのか。よ、よかった退場になって……。確かにレース開始前に、司会者が物騒なことを言っていたな。

どうりでドラゴンが優勝していたわけだ。

「なぁラビコ」

「んん～？」

俺はこの世界に来て以来、ずっと疑問だったことを聞いてみた。

「白銀犬士って、何」

冒険者センターで見てもらった結果、俺の愛犬ベスは上位職の白銀犬士と判定された。ホエー鳥戦のとき、その強さの一部は垣間見《かいまみ》たが、いまいち分かっていない。

「う～ん、昔何匹か見たことがあるけど～、騎士さんと組んで戦う近～中距離アタッカーかな～。いかんせん私は魔法使いだから～、戦う場所が違って詳しくは分からないかな～。でも国単位で戦う大規模戦闘で普通に主力になるぐらいのアタッカーだね～」

国単位の戦闘で主力張れる実力……す、すごいんだな、ベス。

ま、ベスはそんな危険な場所には送らず、俺が部屋で愛《め》でるけどな。

「なーベス～」

「ベスッ」

二人また抱き合う。

さてなんにせよ、お金が必要だ。手近から当たってみるか。

俺は宿の厨房に向かい、一人の男性料理人に声をかける。

「すいませーん。厨房の手伝いで少しお金出ないですかねー」

宿屋の料理人、イケメンボイス兄さんに懇願してみた。

「あぁー、それ助かるかなー。オーナーに頼んでみるよ」

やった！　少しでも貰えれば十分です。しかし相変わらずいい声。

「じゃあ、ジャガイモの皮むき頼むね」

「お任せを！」

宿のオーナーの許可が出たので、俺は厨房の隅っこで包丁を持つ。

ここの宿屋の酒場はかなり人気があるらしく、いつも混んでいる。イケメンボイス兄さん以外にも何人も料理人がいて、いつも忙しそうにしている。まぁ食べたら分かるわな、おいしいしここの料理。

うず高く積まれたジャガイモを見ながら、ふとあることを思いついた。そういやここって、テイクアウト、持ち帰りって無いよな。

俺がいた日本ではテイクアウト系のお店は当たり前にあったが、この世界ではあまりないんだよな。コンビニも無いし。

「あの……提案があるんですが」

「なんだい？」

イケボ兄さんに、簡単なお弁当を個数限定で販売してみないか、と相談してみた。

時間が無くて、お店まで来れない客層の開拓は出来ないか、限定販売というプレミア感で買ってくれる人もいるかもしれない、とか。

「なるほどね、考えたこともなかったなぁ」

「ここってお酒を売っているから、言い方は悪いですが正直ガラの悪いお客さんも多いんですよ。でもここで持ち帰れるお弁当を販売することで、お店に入るのを敬遠していた女性客を取り込めると思います」

イケボ兄さんは感心しながら俺の話を聞いてくれた。

「分かった、それ僕もすごい興味があるよ。オーナーに予算の相談をしてみようかな」

かくして、お弁当販売で新たな客層開拓計画が始まった。


お弁当販売開始、当日。

「ド、ドキドキするね……僕、緊張で喉《のど》が渇いてすごいよ……」

イケメンボイス兄さんが、かなり緊張した面持《おもも》ち。クピクピと、頻繁に水分をとる。

「大丈夫ですって！　あんなに念入りにメニューを考えて、宣伝で街中にビラ撒きしましたし」

実は俺も震えているが、隠すしかない。これ、かなりの予算と人員を使ってしまったから、売れないと結構やばい。

作ったお弁当は、とにかくカラフルになるようなメニューを厳選した。

オムライスを真ん中に配置で目立つ黄色、見た目のかわいいブロッコリーで緑、トマトベースソースのパスタで赤。そしてこれが一番大変で予算のかかった、オレンジジャムを乗せたチーズケーキ。あとは山菜の煮付け、おまけでイチゴ二個。

これでしめて十G。日本感覚だと千円ぐらいか。

素材は一流品、料理人の腕も一流。この値段でいけると思う。

お店の入口近くに特別販売コーナーを作り、売り上げ目標個数は百個。

「あと五分で開始しますよー。みなさん準備はいいですかー！」

宿のオーナーの娘さん、ロゼリィがみんなに声をかける。

「お待たせしました！　本日限定販売、ジゼリィ＝アゼリィカラフルトート。よろしくお願いしまーす！」

ロゼリィが元気良くセールストークを開始。

今回ロゼリィはかなり頑張ってくれた。父親であるオーナーの説得、予算配分、人員経費、ビラ作り＆ビラ撒きなど、多方面で動いてくれた。

俺発案だと聞き、寝る時間をも削り協力してくれ、本当にありがとうと言いたい。

ジゼリィ＝アゼリィと言うのはお店の名前。そのままロゴを使った。薄い水色のトートバッグに入れてのお渡しとなり、見た目も綺麗だと思う。

宣伝効果があったのか、宿の前には結構な人数の列が出来ている。ありがたい。

「ありがとうございましたー」

「はい、三個ですね。三十Gになります」

「あ、少々お待ちを。只今厨房フル稼働で追加を製作中です！」


午前中で目標だった百個を完売。

お昼過ぎ、予備の材料も底をつき、これにて販売終了。

買えなかったお客様の為に、明日以降の臨時販売分優先券を配布した。

「やった……やったよ！　君のおかげだ、三百個全部完売したよ！」

イケボ兄さんが歓喜している。

よ、良かった……売れなかったら俺マジやばかったぞ。

「しかし君……材料が無くなったときとかの、イレギュラー対応の早さがすごいね。優先券配布とか僕は思いつかなくて、どうしたらいいのか分からなくて、オロオロしていたよ」

あ、まあ……日本でよくTVやネットの色んな情報見ていたからなぁ。事前に何にでも使えるような優先券を作っておいたけど、それが役立った。

「君の言ったとおり、女性のお客さんがすごい来てくれたよ。こういう感覚が大事なんだなぁ」

「毎日はきついかもしれませんが、一定期間ごとにやるといいかもしれませんね」

イケボ兄さんと俺はニッコリ笑い、がっちり握手をした。

これでお店の宣伝効果も出るだろうし、実店舗に足を運んでくれるお客さんも増えるかもしれない。増えるといいなぁ。さて明日の臨時販売分の仕入れをしないとな。

バイト代、今回のお弁当計画の臨時報酬で俺は三百G、日本感覚三万円を得、即宿屋に宿泊延長を申し込んだ。

とりあえず、まだここを常宿に出来そうだ。

お弁当販売以降、宿の酒場兼食堂に来るお客さんをぼーっと観察していたら、やはりいつもは来なかったお客さんの層の来店が増えた。

あのあと料理人、イケメンボイス兄さんに店舗メニューのデザートを増やしてみようと進言したが、効果はあったようだ。

いつも我が物顔で席を占拠していた、モヒカンだのドレッドヘアーだの、彼等世紀末の覇者軍団が、隅っこで不安そうにしている光景は、申し訳ないがちょっと面白かった。

「いやー今までお肉、油、濃い味、がメイン料理だったたから気にしていなかったんだけど、デザートとかヘルシーメニューっていいもんだね」

イケボ兄さんが良い笑顔。

まぁここ酒場だしね。お酒のつまみとなると、濃い味系になるしなぁ。

以前ヨーグルトにかけられたオレンジジャムが美味かったし、イケボ兄さんはデザート系パティシエに向いていると思う。


「あれれ〜？　なんかお店の雰囲気がいつもと違う〜」

水着魔女ラビコが眠そうな目をこすり、宿の二階から下りて来た。

「もう昼だぞラビコ。ホラ、用意しといたから食え」

「何かすごい良い香りが漂ってる〜。お酒と油とタバコの煙の香りがどこかへバニシング〜」

ラビコの席に昼食を運ぶ。本日は豆腐ハンバーガー。つなぎに豆腐を多めに入れて、ヘルシー志向にしてある。

「あれれ、美声兄さんの頭どうしちゃったの〜？　油は〜？　濃い味は〜？」

ラビコが信じられない、といった顔で出されたメニューを見ている。

「生まれ変わったんだよ。みろよイケボ兄さんのあの笑顔を」

厨房で楽しそうに、手早く調理をこなすイケボ兄さんを指す。

「あっはは〜、素手で肉を引きちぎる勇ましさが浄化されちゃったか〜」

……確かにその姿はたまに見かけた。あのときも笑顔だった。いまとは真逆の笑顔。

とりあえず、お弁当作戦は成功したようだ。

数日後。

今まで手薄だったデザート類の販売は街の女性客のハートをガッチリつかんだらしく、店内は噂を聞いた女性客で満席に近い。

「はぁ……おいしい……私今まで人生を損していました……」

宿屋の看板娘、ロゼリィが深い溜息《ためいき》をつく。

ロゼリィが食べているのは本日のデザートセット、アイスアップルティーとマロンケーキ。

それを大事そうに、ゆっくり味わい食べている。

「ここって本来酒場で、空いてる部屋を貸し出すようになって、それが好評で宿屋も始めたんでしたっけ」

「はい、お父さんがお酒大好きな人で、世界中のお酒をかき集めて酒場を開いたのが最初みたいです。そこから宿屋を追加、そのあと食堂が増えた、という感じです」

ここのオーナーであられる、ロゼリィのお父様はお酒好きなのか。

「酒場で出る食べ物で育ったのなら、デザートは縁遠いかもなぁ」

「あれ、あなたのは何です？　まだメニューに無いやつみたいですが……？」

俺がいま試食しているのは、俺提案のまだ発売されていないロールケーキ。

スポンジ生地に生クリームを乗せ、綺麗に巻いて出来上がり。色のかわいい小皿を別に用意し、食べる直前に中に入ったオレンジソースをお好みの量かけて食べるというもの。そう、ビジュアル重視のデザートだ。

「うめぇ」

「あ……ああ、そ、それおいしそう……！　わ、私も食べたいです！」

ふふ、見た目のインパクトはこういう誘導効果があるから大事なのだ。イケメンボイス兄さんも見た目の重要性を分かってくれ、今まさに勉強中。

「どうぞ、食いかけですが……」

「か、かか……間接なんですね！　分かりました……心の準備は出来ています！」

ロゼリィがやけに興奮している。まぁ綺麗でおいしそうなデザートを前にしたら、女性は興奮を抑えられないのだろう。

「はぁ、はぁ……ぅえぇいっ！」

ロゼリィが周りの人が思わず振り返るほどの奇声を上げ、意を決したように試作ロールケーキを口に運んだ。

「はぁ……オレンジソースの程よい酸味と甘み……フワフワのスポンジケーキに溶けるような生クリーム……そしてあなたの愛が……！」

「ちょっとうるさいっての発情女〜。そういうのは夜に部屋で一人、思う存分にやれっての〜」

後ろからラビコが現れ、杖でロゼリィの頭を軽く叩いた。

「ふんぶっ……！　いった……なにするんですか！　このエロキャベツ！」

ロゼリィがプンスカ怒っている。うーん、この二人……水と油だな。

「エロキャベツとか～、ちょっとひどいと思うんですけど～」

ラビコは寝るときも水着。そしてそのまま水着にロングコートを軽く羽織った姿で部屋から出てくる。うん、エロい。

「あっはは～。でもこの格好だと～、社長がチラチラ熱い視線を送ってくれるから～、効果は大きいかな～」

気付かれている……！　が、最近はもう堂々と見るようにしている。

いいじゃないか、こういう役得ぐらい。異世界に来たんだから許してくれ。

「…………………！」

ロゼリィが肌がほぼ見えない自分の服装と、水着ロングコートのラビコ、俺、へと視線を移す。

「み、み……！　私も水着買って来ます！　紐《ひも》みたいなすっごいのでいいんですよね！」

ロゼリィが顔を真っ赤にして叫び、外に向かって走り出した。

「ま、待て！　ロゼリィ……！　こんな安い挑発に乗るな！」

俺が必死に追いかけ、愛犬ベスの協力も得てなんとかロゼリィを確保。

くそ……ラビコが来てから、なんかトラブルが増えていないか……。俺は平和に異世界生活を楽しみたいだけなのに……。

後日、俺は泣きながら宿屋から飛び出して行った女性を必死に追いかけ謝る浮気男……と噂になっていた。

いや、浮気の前にさ、俺には彼女すらいねぇんだが？

夜中、俺は一人宿屋を出る。

少し肌寒い風が頬を撫でる。時刻は深夜二時過ぎ、昼間の賑わった状況とは違い静かな街道を歩く。

開いているお店は無く、人もほぼいない。

「夜中出歩くって、テンション上がるよな」

別に彼女がいなくて悔しくて悔しくて、もうどうにも寝れなくて深夜の気晴らし散歩、というわけではない。今日の俺には壮大な目的があるのだ。これは誰にも相談出来ないし、俺が一人でやりきるしかない過酷な使命。

街のとある一角、そこに俺は行かねばならないのだ。

異世界に来て不便なこと第一位、それはネットが使えないこと。

これがどれほど健康な男子たちを苦しめたか……。

みなまで言うな……聡明な紳士たちはもう気付いているだろう？　そう、エッチィやつが見たい！

ああ見たい、ぜひ見たい、とても見たい、今すぐ見たい。

いいさ、引くなら引いてくれ。でも俺だって健康な男子なんだ、そういう欲があって当たり前じゃないか！

そしてこっちの世界でお手軽にエロい欲を満たそうとしたら、本しか無いのよね。いや、本があってくれて良かった。よくぞ生き残っていてくれた。

「さぁ、行こう。輝く栄光の道へ」

色々調べた結果、街のとある場所にそれはあるらしい。

酒場にいた歴戦の勇者にそれとなく聞いてみたら、営業時間、買いやすい時間帯、ラインナップまで事細かにペラッペラ教えてくれた。

勇者に憧れる俺としては、その経験談はとても実のある濃い話だった。

「あそこか……」

裏路地の暗い通路の先に、ぼんやりと明かりが見える。

ギリギリまで近付きお店の中を確認、中には現在二人先客がいるようだ。お店から少し離れた暗闇にしばらく身を隠す。

「……ち、早く出て来いよ。恥ずかしくて入れないだろ」

一人が出て来た。なんだよあの満足気な顔は……ってあいつ！　紙袋二個分も買いやがったのかよ！

くそっ……こっちは予算の都合上、買えて一冊だってのに。え、俺はまだ未成年？　そういうつまらないことを異世界で言うなよ。

どうする？　行くか？　いや、まだ一人中にいる……焦るな、時期を待て。

「みっけぇ、容疑者発見！　これより強制確保に移る！　観念しな、この夜逃げ野郎！」

背後で聞いたことのある声がしたと思ったら、バチバチと光る紐みたいな物が飛んできて、俺の足に絡みつく。俺はバランスを崩し、地面に顔面殴打。

「っつ！　なんだ、盗賊か何かか？」

ここは異世界、日本の常識なんて通用しない物騒な世界だし、こんな時間に一人でウロウロしてる弱そうな奴なんて格好の餌食か。

「まさかテメェがこんな根性の無い野郎だとは思わなかったぞ！　純情な少女を本気で泣かせるたぁー罪が重い。しかし相手が悪かったな！　天をも操る高位な魔法使い、ラビコ様からは逃げられやしないのさ！」

ラビコ？　なんでここに？

つかこの強気喋り口調、キャベツ効果時間内ラビコのほうか。なんでこんな深夜にキャベツ使ったんだよ！

「死なねー程度にお仕置きしてやる！　威力はゼロだけど、衝撃はしっかりくるからな！　おら、雷でも喰らって反省しろ……オロラエドベル！」

キャベツの刺さった杖から紫の光が溢れ、ラビコの遥《はる》か上空が眩《まぶ》しく光り、生まれた光が一点に収束……次の瞬間俺の体は光に包まれた。

「うわわわわ……！　ま、魔法？　ラビコってやっぱ魔法が使えるのか……」

俺が恋焦がれた魔法。異世界に来たからには使ってみたい、使えないのなら見てみたかった魔法。それが今、俺の目の前に……！

出来たら違う状況で、見たかった……！

「もぎゃあああああ……！」

次の日、俺は元気に生きている。

恐る恐る水着魔女ラビコに事情を聞いてみると、深夜に人目を忍んで怯《おび》えるように宿から俺が出て行ったのを、宿の娘ロゼリィが目撃。

多額の借金を背負い、宿代の支払いもギリギリで、冒険者としての力も無い自分に辟易《へきえき》して全てを投げ出して逃げようとしたのか、最悪自決……と思ってしまい、泣きながらラビコに捜索を依頼したそうな。

ラビコもこれは一大事、と深夜にも関わらずキャベツを使用。能力フルバーストで俺を捜したんだと。

俺は昨日のはどうにも寝付けなくて、ひっそり深夜の散歩とシャレ込んだだけだと説得。

逃げるにしても、俺の大事な愛犬ベスを置いては行かない、と部屋で寝ていたベスを引き合いになんとか納得してもらった。

「はぁぁ……疲れた……」

「疲れた、じゃないですよ！　私、本当に心配だったんですから！　もう二度と紛らわしい行動はしないで下さい！」

ロゼリィがマジで怒っている。

すいません……そういうんじゃなくて……でも本気で心配してくれていたのは、正直嬉しい。それでもロゼリィを泣かせてしまったのは、俺が悪い。

「……ごめんなさい。もうロゼリィを泣かせるようなことはしません」

「…………はい。なら、いいです。でも、本当にそういう状況になったのなら、私も連れて行って下さい。私を頼って下さい。私は例えどんなに悪い状況だとしてもあなたの側にいたい、あなたの支えになりたい」

「ロゼリィ……」

ああ……なんていい子なんだ。それだけに余計本当のことは言えない……。

深夜、どうしても我慢出来ずにエロ本買いに行きました、なんて……。

あーあ、異世界なんだから、エロ本ぐらい自由に買わせてくれてもいいじゃないか。未成年だからダメ？　いやいや、それはこっちに来る前のルールだろ？

異世界ってのはもっと夢で溢れていても……待てよ、俺ってこっちの戸籍とか無いよな。じゃあ誰も俺の実年齢を確認出来ないのでは？

きた……俺って天才過ぎる。異世界には俺を無意味に縛る戸籍が無い。

つまり自己申告制、俺が二十歳ですって言えば万事解決、毎日エロ本三昧《さんまい》。

あ……待てよ、そういえば俺、冒険者センターで登録するときにバッチリ十六歳って書いちゃったな。冒険者センターで発行される冒険者カードって、たしか簡易的ではあるが、国が認める公的身分証になるとか言っていたような……ああああああ！　しまったぁぁぁ……！

俺、自分で公的な機関に十六歳って申告しちゃってるじゃん。

俺の異世界生活、終わった……なんで背伸びをしなかったのか、当時の俺よ。


もういい。うどんでも食って気を落ち着けよう。

最近みつけたんだよ、宿屋の近くにある美味いうどん屋さんを。


「うどん、うめぇ」

それほど広くはない店内だが、いつも混んでいる。それもそのはず、なんとうどんが一杯二G、日本感覚二百円というコスパの良さ。そして美味い。

「く……白身魚揚げは追加二Gか……うどんもう一杯食えるじゃないか」

追加料金を払えば、トッピングは自分で好みの物を選べる。

まぁ俺はいつも無料トッピングの生姜、鰹節、天かすだけで食べているが。

にしても、なんだか妙に日本によくあるチェーン店のうどん屋さんに似た雰囲気なのはなぜなのか。

「いつかは追加料金八Gの、海老《えび》天五本盛りを当たり前のように注文したいもんだぜ」

「すいません、追加の海老天をお願いしますわ」

くっ……！　当たり前のように海老天追加……！　なんとセレブな野郎だ。

どんな頭してんだよ、トッピングにうどん四杯分の料金を当たり前に支払う奴は。安く済ませる為にここを選んだんじゃねぇのかよ。

注文カウンターにいたのは、大きい帽子を深めにかぶった背の低い女の子。子供……？　見た目俺よりは年下に見える。

注文したうどんを受け取った女の子は混雑する店内を見回し、空いていた俺の横に行儀よく座る。

「はぁ……いい香り。生姜と鰹節と海老天の混ざったこの香り……香水で作れないかしら」

何言ってんだ、こいつ。

実に食欲をそそる香りではあるが、そんな香水をつけたら人間以外の色んな生き物が寄って来て大変なことになるぞ、屋外で。

「あら……？　失礼、あなたは海老天はお嫌いなのかしら」

女の子が素うどんを食べている俺を、不思議な物を見る目で見てきた。

好きです。食いたいです。でもお金がないです。

「いや、好きですよ。おいしいですよね海老天、出来たら毎日食いたいですよ」

適当に受け流して、早く冒険者センターで仕事探してこないと。

「……！　そうなのです……私は毎日海老天うどんを食べたいのです！　それなのにお父様ときたら……！」

底のほうに沈んだ生姜、鰹節、天かすをダシと一緒に一気にすする。うは……これこれ、このジャンク感がたまらん。

「明日は奮発して生姜天いってみっかぁ……じゃ、俺はこれで」

「……待ちなさい！　オレンジ服！」

食い終わったのでお店を出ようとしたら、ジャージの裾をぐいっと引っ張られた。ああ、服はいまだに学校指定の真オレンジジャージです。だってお金無いし。

「生姜……天とは何ですの。教えなさい」

「……？　トッピングのやつですよ。ほら、カウンターの上に生姜天一Gって書いてあるでしょ」

俺はカウンター上の追加メニューを指す。

なんだ？　一番お高いメニューしか目に入らない超セレブ様なのか？

「……生姜とは、このすりおろしたフワフワした物のことよね？」

「うん。その生姜を薄くスライスして揚げたのが生姜天」

ジャージが伸びるので、そろそろ手を離してくれませんかね……。

「このフワフワした物をスライス？　あなた私を馬鹿にしているのかしら」

はて……この子、生姜の元の形を知らないのだろうか。

「えーと、じゃあちょっと待っててね」

手を離してもらい、カウンターで単品で生姜天を注文。

「はい、これが生姜天。おいしいよ」

女の子は興味深く生姜天を眺め、カプっと食いついた。

「……！　最初ぴりっとするけど、衣の甘さと混ざっておいしい……これが生姜天……」

お口に合ったようでよかったです。じゃ、俺はこれで。

「うぅ……ぅぅううう……」

女の子が泣き出した。

……えっ、ちょっ……何？　俺なんかしました？　また俺に女を泣かせた男とかいう、悪いイメージが付きまとうんですか。

「私はあんなに嫌いだったお父様と、結局同じことをしていた……なんて視野の狭い未熟な子供なの……」

ああ、すでに周りでヒソヒソ話が聞こえる。

生姜天を奢《おご》ったら泣かれたこのお話は、一体どういうふうに尾ひれが付いて広がっていくのかなぁ……それはそれで興味がある。

他人事《ひとごと》だったらすげー面白そうだ。オラわくわくすんぞ。

「私はアンリーナ。アンリーナ＝ハイドランジェと申します。名乗りもせずに失礼な振る舞いをしてしまいました、申し訳ございません……ぅう」

涙を拭《ぬぐ》いながら自己紹介をされた。

とても上品な顔立ちをした女の子。細かい振る舞いや、言葉遣いも上品。

着ている服も上質。どっかのお金持ちの子だろうか。

安い！　早い！　と看板にでっかく書かれたお店には場違いな雰囲気の、上品な子。

「お父様が食べる物に大変厳しい人でして、値段の安い物は絶対に食べてはいけない……というのが家のしきたりなんです」

ふむ、まぁ……健康のことを考えたら、品質管理がしっかりした物、その分コストがかかり、結果値段が高い物のほうが体にはいいからな。その教えは分からないでもない。

「でも同年代の方がおいしそうに食べている、流行りの値段の安い物だって食べてみたいのです……それなのにお父様は許してくれなくて……。私、もう我慢が出来なくて出先でみつけたお店、飛び込みで入ったこのうどん屋さんで食べた海老天うどんがとてもおいしくて……。それ以来、たまに家のしきたりを破りここで海老天うどんを食べていました」

ほー……やっぱお金持ちの子ですか。靴とかいい物履いているしなぁ。

「……でも私……、結局お父様と同じことをしていたのですね。私はメニューを見て一番値段の高い海老天にしか目が行かず、他にも値段の安くておいしい物があるのに気付きもしなかった。あなたに生姜天を食べさせていただき、それに気付きました。ああ、私の視野は狭かったんだな、と」

俺、とんでもない生姜天を奢ってしまったようだぞ。

「この世界は広い……この街ですら私が食べたことのない物が溢れているというのに、この広い世界には一体どれほどのおいしい物があるのか！」

「……大丈夫、アンリーナの世界は今とても大きくなった。海老天だけじゃない、生姜天の世界があると気付いた。いいかいアンリーナ、うどんというのはこの世界なんだよ。素うどんはおいしい、でも小ネギを足してごらん、生姜を足してごらん、鰹節を足してごらん、広がるだろう？　それぞれは小さな力かもしれない、でも合わせるとそれはとても大きな力になるんだ」

俺は何の話をしているのか、自分でも分からない。

でももうこの勢いで乗り切って、早くこの場を離れたい。

「ありがとう、あなた只者じゃないわね。気に入ったわよ」

一体何を気に入ったのか知らんが、俺はアンリーナと固く握手をした。

混み合う、うどん屋で。

夜、俺は宿屋前で座り込み月に願う。

「先生……俺、魔法が使いたいです」

異世界には魔法がある。

そう、これこそ俺が求めていた異世界だ。

「なぁにやってんの社長〜。先生って誰〜？　ま〜た変な噂が広がるよ〜？」

知らねぇよ、雰囲気だよ雰囲気。

水着魔女ラビコが俺の横でしゃがみ込み、面白い物をみつけた、という感じでニヤニヤと笑い、手にした杖で突いてくる。

時刻は夜二十時過ぎ。酒場が一番賑わう時間だ。お弁当販売やメニュー改善以降は、食堂として名が通ってきただろうか。

俺は宿屋入口で一人手を合わせ、月に祈りを捧げる。

「いいんだよ。変な噂になろうが、そう俺が祈っていたって広まれば。祈りってのは、多くの人の中に俺の願いが残ったほうが、より届くんだよ」

「へ～、社長はやっぱり考え方が面白いな～。そういういつも前向きな考え方、私好きかな～。でも宿屋の前で突然座り込んで月に祈りだすとか～、引き換えに世間体はアレかもだけど～、あっはは～」

好き？　あーそりゃどうも。

世間体？　憧れの魔法が使えるようになるのなら、それこそどうでもいい。

魔法。

手から火が出たり、空を飛べたり……あああああ、魔法使いてぇ。せっかく異世界に来れたってのに、なんで俺は何の能力も無い【街の人】なんだよ。

以前こっそりエロ本を買いに行った深夜、俺は生まれて初めて魔法を見た。

杖が怪しく光り、天から降り注ぐ光の衝撃波が俺の体を貫いた。

俺に向かって放たれたのが最初に見た魔法ってのがあれだが、とても貴重な体験だった。

「なぁラビコ、俺に魔法を教えてくれ」

酒場兼食堂で本日のオススメデザート、バナナスムージーをずりずり吸っていたラビコに頭を下げる。

「ベスも使えるから～、ベスに習ったら～？」

マジかよ！　俺の愛犬ベスは魔法が使えるのかよ！

そういや吼えたら鳥が吹き飛んで行ったり、前足からかまいたちを出したりしていたが、あれ魔法なのか。

「あいつとは心は通じているが、言葉は通じない。無理だ」

「あっはは～、冗談さ～。ベスの魔法は特殊だからね～。あれは真似なんか出来ませんよっと～」

俺もバナナスムージーを注文。うん、うめぇ。

これを作ったのは宿の料理人、イケボ兄さんなんだが、俺がちょっと日本で流行っていたデザートや料理の特徴を教えると、見事にこの世界の食材で再現するから驚くばかり。あの人、料理の神だわ。

「魔法ってのは大雑把に言うと二種類あって～、自分の内なる力を使って放つものと～、自分じゃない他者『大いなる者』から力を借りて放つ物があるのさ～」

ほう、魔法には種類があるのか。さっぱり分からんが。

「あれあれ～、魔法が使いたいとか言うわりに、基本部分すら理解してないってやつ～？　う～んっとぉ、柔らかい言い方をすると～、社長は才能な☆し。あっはは～！」

水着魔女ラビコが、なんかイラっとする小芝居で俺を指し笑う。

「ちょ、初手で突き放さないでくれよ、可能性だけはあるはずだろ！」

俺は異世界から来たんだぞ！　何かあるはずだろ、あってくれ……。

「可能性ね～。社長さ～、多少いい加減なやつだけど～、冒険者センターで適性を調べてもらったんでしょ～？」

職業適性の話か？　ああ、なんか調べるとか言って、謎の鉄のワッカを何個もくぐったよ。サーカスの見世物かと思ったぞ、あれ。陽気な音楽流れてたし。

「ああ、街の人ですねと、かわいいハンコを押された」

「ぶっふ、じゃあ～……無☆理。あっはは～」

うわあああああ、笑われた……！　マジでかわいいハンコなんだぞ！　かわいいは正義だんだぞ！　くそが、エロ本は買えないわ魔法は使えないわ、異世界にはもう夢も希望もねぇ！あるのは毎日増えていく多額の借金のみ。

俺、何しにここに来たんだよ……。

「大丈夫だって～。その分社長の周りには強い人が集まるようにバランス取れているっぽいし～。私だって本来、この街に戻って来るつもりは無かったのさ～。それがある日、馬車が道を間違え、大雨で街道が遮断されて戻れなくなり、気が付いたら、なぜか私はこの街にいたし～。そしたら目に飛び込んできた、全身オレンジの奇妙な少年～。こりゃ～話しかけないとおかしい状況ってやつでさ～。あっはは～」

なんだそりゃ……ってやっぱりこのオレンジジャージがトラブルの原因なのかよ！　分かっ

た、もう明日すぐに目立たない服買うわ。

「あっはは～、不思議だよね～。偶然なのかな～？　まるで何かに仕組まれたかのように社長に出会ったのって～。しかも聞いたら社長～、すでに結構な人物たちと繋がっているし～。これって何なのかな～、ラビコさん胸がドッキドキ～」

白……いや黒のほうが目立たないのか？　迷彩服……いや、黄色……うーん。

「あ～そうそう～、こないだのレンタルアーマーだけど～、社長のテーマカラーのオレンジで探しておいたから～。お楽しみに～、あっはは～」

何が楽しいのか知らんが、水着魔女ラビコがニヤニヤと笑い、俺のジャージを指してくる。

「ちょっ……何オレンジで決めてんだよ！　俺のテーマカラーってなんだよ！　これ以上目立つ服でトラブル抱えるのはごめんだ！　普通の……」

だからオレンジ色はだめだって！

「あれぇ？　色指定なら追加料金頂くけど～？」

「…………オレンジでお願いします」

数日後、宿の厨房で野菜の下ごしらえアルバイトを終え、改めて自分の服を見る。

「オレンジ色って、目立つよなぁ」

しかし別の服を買い揃えようにも、お金が無い。

冒険者としてあまり稼げないので、宿で皮むきやら掃除やらのお仕事をもらっているが、そのお金は即宿泊代に消える。そう、余計な物は買えないのだ。

「いや、衣食住の衣だから余計な物ではないんだが、今の俺の優先度がご飯と住むところなんだよな」

水着魔女ラビコが言っていた、レンタルアーマーとやらで、代わりの服が来ることを祈るか。代わりっていっても、またオレンジ色らしいが……。

厨房アルバイトの特典で、料理人であるイケボ兄さんからおいしそうなお弁当をいただけた。宿屋でのお弁当販売は大好評だったので、あれから継続で販売中。たまに俺もアルバイトで売り子をやるが、女性のお客さんが本当に増えたのを実感する。

お弁当以外にも、惣菜やデザートのみを実験的に販売しているが、デザートの売り切れる速度がマジ半端ねぇ。

ソルートンの住民は甘いデザートを求めていた、そういうことなのだろう。

さて、天気も良いし、愛犬の散歩ついでにお昼は公園で食べるか。

「ベスー散歩行くぞー」

「ベスッ！　ベスッ！」

俺の誘いに鼻息荒く、興奮しながら愛犬ベスが足元に絡み付いてくる。

こないだエロ本を買いに行ったスポットの近くに大きな公園があったのを思い出したので、

そこにベスを連れて行くことにする。

「ベスの散歩に行ってきます。ついでにお昼も食べてきまーす」

「あ、はーい、気をつけて下さいね」

いただいたお弁当を見せ、一応、宿の娘ロゼリィに声をかけていく。こないだえらい目に合ったからな……。


のんびりと混み合う商店街を歩き、武器を売っているお店や防具を売っているお店をのぞき、これぞ異世界、を満喫。

お昼ちょうどあたり、目的の公園に辿りついた。ベンチが多めに設置されているので、お弁当を食べている人がたくさんいる。みんな考えることは一緒か。

座れる場所を探し、いざお弁当を広げる。

「ベスッ！　ベスッ！」

「大丈夫だって、ベスのもちゃんと持って来てるからな」

作ってもらったベス用のご飯も広げる。

「うわーイケボ兄さん、また料理スキル上げたなぁ」

入っていたのは、鶏肉の唐揚げにたっぷりタルタルソース。ソースは抹茶がかかっていて香りがよく、食べるとさわやかに抹茶感が鼻に抜けて行き良い感じ。見た目も綺麗だし。ん、少し赤いと思ったら、微妙に辛子を入れてアクセントにしているのか。

「パスタもうめぇ」

一緒に入っているミートソースがこれまたうめぇ。デザートは梨か、たまらんなこれ。ベスも犬用弁当を一瞬でたいらげた。

食後、ベスが元気に走り回るのをベンチに座ってぼーっと眺める。

「厨房と宿の雑用アルバイトをしているから、なんとかなっているが……冒険者として稼ぐのは俺にはきついのかなぁ……ん？」

さっきまで元気に走り回っていたベスが足を止め、一点を見つめている。

その方向を見てみると、白い馬に跨《またが》った王子様みたいな奴がいた。童話の世界から来たのか、お前。

「あれ、僕が見えるのかい？」

俺の視線に気付いた王子の歯がキラッと光る。

白い馬に馬用防具、本人は白色を基調とし、デザイン的に青色が入った綺麗な鎧。そして悔しいかな、クッソイケメンフェイス。

そんな目立つ奴、誰でも見るだろ。ほらみろ周りの反応を……ってあれ、公園には結構な人がいるが、お弁当に夢中で誰も白馬の王子を見ていない。

やばそうな奴だから、視界に入れないようにしているのか？

「僕はアーリーガル。この国所属の騎士で、王都ペルヤフォスからとある任務でやって来たんだ。こんにちは、オレンジ君」

王都ペルセフォス？　どこにあるんだ、それ。そして騎士、か。やっぱいるんだなぁ。うん、実に異世界。

王子は馬に乗ったまま腰の綺麗な装飾の剣を音も無く抜き、ゆっくり俺に近付いて来た。え、何、抜刀？

それを見て愛犬ベスが吠え出す。俺は逃げ腰で足ガックガク。

「へぇ、君の犬は勇敢だね。僕等に怯《おび》えることなく向かって来るとは。それほどご主人を信頼しているんだね」

王子は俺の目の前まで来て、長く美しい剣を俺の頬に当てる。

何考えてるか分からない不気味な笑みを浮かべたまま、じーっと俺を観察している。

なんなのこの状況……俺結構ピンチなんじゃ……？

「僕のお仕事はいわゆる隠密でね。絶対に誰にも見られてはいけない手紙とかを運んだり、国宝級の武器、防具の運搬とかもするね」

……そういうの喋っていいのかよ。口封じで殺すからいい、とかやめてね……。

「それをやるには特殊な才能が必要でね。いわゆる姿隠しの魔法が僕の得意分野なんだ。今まさに僕は誰にも見られず、気付かれることも無く目的地に行くところだったんだ」

ど、どうぞどうぞ！　俺とかいう小虫なんかに構わず、もうさささーっと移動しちゃって下さい。

「今まで途中で姿を見られることなんて、一度も無かったんだけどなぁ……」

王子がさわやかフェイスを俺に近付けてきて、耳元で囁いた。

「もしかして君もどこかの国の隠密かい？　僕の姿隠しをやすやすと見抜くとか、どれほど上位なのかな。記憶では世界に僕以上の人間はいなかったはずだけど、どれ、新人君の力を試し……」

「ベスッ！」

愛犬ベスが怒ったように吼えた。

ベスの体から青い光が溢れ、牙《きば》に力が収束。俺の前に瞬時に移動し、王子の長い剣を一撃で噛み砕いた。

噛み砕……マジかよベス……。すげぇ……。

「つと……！　これはすごい……僕の自慢の剣が粉々とか、参ったな」

王子が一瞬焦った顔になるが、すぐに余裕のフェイスに戻る。

馬と共に下がり、安全圏まで距離を取った。

「長剣のスペアは持っていないし、体術でその犬に勝てそうもないかなぁ。えーと、見苦しく逃げてもいいかな？　まだ任務の途中でさ」

周囲を見渡し、さすがに派手な戦闘音を出したベスに注目が集まっていることに気付いた様子。隠密とか言っているし、これ以上目立ちたくないのだろうか。

「ど、どうぞどうぞ！　お互い見なかったことにして、平和にいきましょう！」

俺は震えながら送り出すようなジェスチャーをする。

早くどっか行ってくれ……。

「助かる。僕の隠密をこうもあっさり見破るとは、その目、君は……王の眼なのかな。いや初めて目《ま》の当たりにしたよ、悠久の時を生きたドラゴンにしか存在が確認されていない千里眼。君とはなるべく戦いたくないかな、それでは！」

白馬の王子は、さわやかに笑い去って行った。

「………なんなんだアイツ……。ベス、無事か」

「ベスッ！　ベスッ！」

ベスがペロペロ俺の顔を舐めてくる。ありがとうな、ベス。お前がいなかったら死んでいたかも。

「ただいまーっす……」

宿屋に帰還。弁当は美味かったが、すっげー疲れる散歩だった……。

「あ、お帰りなさい。ラビコが捜していましたよ？　帰ってきたら部屋に来て欲しいとか。お客様もお見えになっているようです」

宿の娘ロゼリィが帰ってきた俺に気付き、お水をくれた。

ふーん、ラビコがねぇ。借金の取り立てとかは勘弁な。

「おぅ、ラビコー、今帰ったぞー」

宿二階にある、ラビコがいる部屋のドアを軽く叩く。俺は会社帰りのサラリーマンか。

「おっかえりぃ～。待っていたよ～、ほら約束のレンタルアーマーさ～」

ニッコリ笑顔でラビコが部屋に迎え入れてくれる。

ああ、そういやラビコが手配してくれるとか言ってたな。つかそれ、借金増えるやつじゃん……。

「あれ……君……」

「……？　うわっ！　さっきの白馬の王子……」

水着魔女ラビコの部屋にはもう一人いて、これがさっき俺を襲った王子。

「ぶっ、あっはは、白馬の王子だって～。リーガルって確かにそんな感じかも～。あっははは～」

ラビコが爆笑しながら、バンバンと王子の背中を叩いている。

「ラ、ラビコ様、この男は……？」

ラビコの背中バンバンに耐えつつ、王子が警戒した顔で俺を見てくる。

「どったの～？　だから～、私の今の雇い主の少年さ～」

「！　ラビコ様がお認めになった主君と……！　これは失礼を！　知らなかったとはいえ先ほどの無礼、お許し願いたい。どうりで並外れた力をお持ちだ……ラビコ様を従えているのも納得です」

王子が焦ったように頭を下げてきた。並外れた力？　ああ、うちのベスね。

腰には鞘《さや》のみ帯刀している。うん、さっきベスが剣を噛み砕いたしな。

えっと、砕いたお高そうな剣の代金は請求されないよね？

ね？

「しかしラビコ様、この待遇は少し劣悪なのでは……」

王子が宿屋の酒場でバカ騒ぎしている世紀末覇者軍団の声や、六畳ほどの贔屓目《ひいきめ》に見ても綺麗とは言えない小さな客室を見まわし、苦い顔で言葉を漏らす。

「あっはは～。私この街出身だし～。懐かしいし、居心地が良いとしか思わないさ～」

へぇ、ラビコってソルートン出身なんだ。

「これは失礼を……。しかし望郷もよろしいのですが……そろそろ王都にお戻り願いたいのですが……」

王子がなにやら手紙をラビコに渡した。

「ふ～ん……あの雲が近付いているんだ……面倒だなぁ～。それにこの程度～、変態姫ご自慢のブランネルジュ隊だけで片付くと思うけど～」

「しかし万が一ということもありますし……！」

変態姫？　なんたら隊？　さっぱり話が分からない。

俺、厨房に行っていいかな。夕食の仕込みを手伝ってバイト代欲しいんだが。

「ラビコ、立て込んでいるんなら、夕食の仕込み手伝ってきたいんだが」

「ん～そうだねぇ、夕食後にまたお話再開しよっか～。あっはは～」

さーて今日は夕食何かな。イケメンボイス兄さんの新メニューが楽しみだなぁ。

「ラビコ様、あの男は一体……」

「んふふ～私の社長さんさ～。も～毎日楽しくて仕方ないよ～」


俺は厨房に移動し、たまねぎをカットカットカット。日に染みるのは我慢。

既定の時間を迎え、アルバイト終了。

本日のメニューはビーフシチュー。俺もいつもの席で、出来立てを頂くぜ。

たまねぎたっぷり、お肉やわらか。セットメニューは、小さなパンが二個にデザートに洋ナシタルトが付く。美味い……兄さん半端ねぇっす。

「本当に最近、女性のお客さんが増えましたねー」

宿の娘ロゼリィが俺の左隣りに座り、酒場兼食堂を見回し微笑《ほほえ》んでいる。

「そうですね、お弁当販売で知名度が上がったのと、常時デザートが数多く並んでいる強みが、他のお店を大きく上回っていると思います」

実際、イケボ兄さんの料理はおいしい。そしてデザート開発の才能あり過ぎ。

この街の中でも屈指の食堂と言える。

「あと、お酒も種類増やしましたしね。今までビールに地酒だけだったけど、フルーツ果汁や炭酸で割った見た目が綺麗なカクテルの販売を始めて、女性のハートをがっちりつかんだみたいだし」

「ふふ、それもほとんどあなたのアイデアですし、やっぱりすごいです。お父さんもあなたのことすっごく褒めていましたよ？　あれならすぐに婿《むこ》に迎えてもいいと言ってくれました！」

　水を噴く。

「……ロゼリィ、牛乳をくれ」

「あ、はい。今持ってきますね」

　ロゼリィが機嫌よく牛乳を取りに行った。普段お父様であられるオーナーと、どういう話をしてんだよロゼリィ……。


「すごいな……この食堂、見たことがないメニューがたくさんあるよ」

　王子がセットメニューのビーフシチューをお盆に乗せ、俺の向かいに座る。

　王子はカウンターでメニューをじっくり見ながら、かなりの時間うんうん悩んでいた。なんか国の偉い人っぽいし、そういう人にはジャンクメニューに見えるんだろうか。

「いや正直に言うと、僕が普段食べている物よりおいしそうで参ったよ。このシチューとか……うんおいしい。ものすごい深い味がするんだね。宮廷メニューでもなかなか無いクラスだよ。王都のみんなに食べさせてあげたいな」

　お、やったぜ、ベタ褒めいただきました。

　イケボ兄さんの才能を甘くみんなよ。あの人の料理は世界で通用すんぞ。

「おら〜、しけってんじゃねぇぞ〜。酒飲めリーガル〜。むはは〜」

お酒片手に上機嫌に俺の右に座ったのは、ラビコ。

もう出来上がっている……早過ぎ。

「名前、アーリーガル……だよな？」

「それがラビコ様は、長い、と申されまして。普段はリーガルと呼ばれています。あ、僕もあのラビコ様が認める人物であるあなたとは親しくなりたいので、どうぞ同じようにお呼びください」

王子に小声で聞くが、アーぐらい言ってやれよ、ラビコ。

そしてあのラビコ様、か。よく知らないが、この水着魔女はどんだけ地位がある存在なんだよ。まぁラビコが呼んでいるんなら、俺もそうしよう。

「じゃあ俺もそう呼ぶよ、リーガル」

「はは、どうぞご自由に。シチューおいしいです」

リーガルが満面笑顔でシチューを食べる。

公園ではいきなり抜刀されてビビったが、なんだよ、結構常識人っぽいじゃないか、リーガル。


「ちょっとラビコ……くっつき過ぎですよ！」

牛乳を持って来てくれた宿の娘ロゼリィが、俺の右側にピッタリくっついている水着魔女ラビコを見てイラッとしている。

「ふっふ〜ん。酔っぱらいには何も聞こえませんなぁ〜。発情女は黙って配膳でもしてな〜。あっはは〜」

「……！　なんですって！　このエロキャベツ！」

うーん。まーた楽しく食える雰囲気じゃなくなってきた。どうしてこいつら、いつもこうなんだ……。

「はは、ラビコ様がこんなに楽しそうにしているのは久しぶりに見たよ。王都では笑顔は一切なく、いつも緊急待機状態だったから……」

ラビコとロゼリィのやりとりを見て、リーガルが満足気な顔。楽しそう？　いやいやよく見て、完全にトラブっているでしょう。しかもこれを収める役、俺なんだぜ。毎回勘弁して欲しいぜ……。

王都では笑顔が無かった？　うそだろ、真面目なラビコって全く想像が付かないんですけど。なんだかいっつもニヤニヤとして、常に何か悪いこと企《たくら》んでいる魔女みてーな顔してるし、こいつ。

「そうか、なるほど……君を中心とした輪に入っているからか。失礼だけど、今の君の職は……、冒険者なら相当なランクなのかな？」

何か思いついたらしいリーガルが、俺を笑顔で見てくる。

職？　そんなもん即答だ。

「街の人です」

リーガルのスプーンが止まる。

「街……？」

「街の人」

俺は真顔で答える。

嘘じゃねーよ。冒険者センターで、職業【街の人】を表すかわいい判子も押してもらったし。

「カ、カードを見せてくれないか！」

リーガルが食事を中断し興奮気味に迫ってくるが、そんなにかわいいハンコが見たいのかよ。

もしかして、私生活にかわいいが不足しているのか？

冒険者センターで鑑定して貰うと、結果の書いたカードが貰える。それが簡易的ではあるが、身分証明書にもなる。そして押されるハンコは、職業ごとに違うそうだ。

「あいよ、これ」

ポケットから俺のカードを放り投げる。受け取ったリーガルがそれを見て震えだす。

「ま、街の人…………こんなかわいい判子が貰えるんだね……」

「ああ」

リーガルが俺とラビコを交互に見て、何か言おうとしている。

分かる、分かるぞお前の気持ち。俺が一番分かる。

「か、帰りましょうラビコ様！　王都に……！」

「や〜だ。社長の許可がないと、無☆理〜。あっはは〜」

リーガルの顔が面白いぐらい青くなっていく。

あ、そうか、リーガルがラビコを連れて帰ってくれたら、俺の借金が増えなくて済むな。

名案だぞ、リーガル。

頑張って一日一万Gの女こと、水着魔女ラビコを説得してくれよな。


夕食後、再び宿屋二階にある、水着魔女ラビコの部屋に集結。

「そういえば～、二人はなんか初対面じゃなかったみたいだけど～？」

ラビコが俺とリーガルを交互に見てくる。

「はい、お昼に公園でお会いしました。ラビコ様のお知り合いとは知らず、剣を抜いてしまいました。申し訳ありません……」

マジびびったぞ。愛犬ベスがいなかったら、どうなっていたか。

「へぇ～？　冷静沈着リーガルがそんなに焦るなんてね～、めっずらし～」

ラビコが軽く驚き、ニヤニヤと俺を見てくる。いや、俺はなんもしてねぇよ。

「今まで一度も失敗したことがなかった姿隠しを、いとも簡単に突破されたので心が乱れてしまいました……。命の危険を感じ剣を抜いてしまい、そして剣を噛み砕かれて返り討ちに遭いました……。いや、なんともお恥ずかしい。自分の未熟さを痛感いたしました」

あの、命の危険を感じたのはこっちのほうなんですが。

「まさかリーガルが落とされるとはね～。ペルセフォスで一番の隠密の名が泣くぞ～。あっはは～」

ラビコがリーガルをからかい、ベッドに置いてある、布で厳重に巻かれた包みを指す。

「社長～これこれ～。少年にぴったりの装備を、王都からリーガルに持って来てもらったんだよ～」

やけに豪華な装飾の布。何か格好いいマークが入っている。

「……しかしよろしいのですか？　これはかつての大戦で使われたルナリアウェポンの一つ。おいそれと……」

「いいのいいの～。あの女ったらしはもう使わないだろうし～。有効利用有効利用～、あっはは～」

リーガルの指摘をラビコが軽くあしらう。なんたらウェポンって何？

そして誰だか知らないが、女ったらしのお下がりとか、俺の世間体がついに地下に潜りそうなんですけど。

「ほらほら社長～。着て着て～」

豪華な布で巻かれた物をラビコから受け取る。そういや、ラビコって一体何者なんだろうか。

国が厳重に保管してた物を気軽に引っ張ってこれるって……。

自分の部屋に戻り、中に入っていた物を着てみる。

サイズはピッタリ。結構かさばる装備にもかかわらず、恐ろしく軽い。

「…………なんじゃこりゃあああああ！」

俺はズボンをはいたところで、思わず叫んでしまった。

「あっはは〜、何々〜どったのぉ〜？　ぶっ……うっははははは〜！　似合う〜」

俺の叫び声を聞いたラビコとリーガルが、走って俺の部屋に入って来た。

「こ、これは……す、すごいデザイン……なんです、ね」

ラビコは腹抱えて爆笑。リーガルも言葉をかなり選んで発言している。

オレンジのマント、オレンジのジャケット、オレンジの手甲、オレンジの靴……ま、まぁここまでは許そう。とても質が良いし。

そしてズボン。パッと見、普通のジーパンのような素材。……がそのズボンにはド派手な加工がしてあって、オレンジの矢印が模様として施されており、これが全て股間に向かっている。

なんでこれ、ズボンだけこんな股間を強調するデザインなんだよ！　初対面でも、明らかに矢印を目で辿ってしまって、見事に俺の股間にだけ目線が行くようになっているじゃねーか！

「あっははははは……これこれ〜、ひっさしぶりに見た〜。歩く変態オレンジ……ぶっはは……」

ラビコが腹を抱えて大爆笑。

「な、なんですか今の叫び声！　なにかあったので……きゃぁぁああああ！」

騒動を聞いたようで、宿の娘ロゼリィも二階の俺の部屋に上がって来た。そして俺を見るなり悲鳴。

知り合いがこの反応だぞ、これで街歩いてみろ。大変なことになるぞ。

「何がなんたらウェポンだ……！　こんな変態股間誘導ズボン、はけるかー！　いらん、返品じゃー！」


翌朝。俺は颯爽《さっそう》とオレンジのマントをジャージの上に羽織る。

「あ〜あ……面白かったのになぁ〜」

「黙れ。あんなもんはいて歩けるか」

ラビコが超つまらなそうな顔をしているが、あんなズボンはいて街中歩いたら捕まるだろ。

聞くと、ルナリアウェポンとやらはこのマントだけで、他の物はネタで作られた装備だそうな。それを聞いた俺の感想は、『だろうな』だ。

「で、ラビコ。このマントはなんなんだ？」

「あ〜、それはアランアルカルンっていう〜、とお〜っても貴重なやつだよ〜」

さっぱり分からん。

「とりあえずマントだけ借りておくよ。サンキューな、ラビコ」

「いえいえ〜。借金追加おめでと〜ございま〜す。あっはは〜」

……そういえばこれ、課金アイテムだった。

ラビコに軽く手を振って宿屋を出る。

「いたいた。おーいリーガル」

「……当たり前のように見つけないでほしいですね……。すでに姿隠し中なんですが」

宿屋前で馬の支度をしていたリーガルに近付くが、なんだか不満気。

ふぅん？　俺には普通に見えるが。

「帰るのか」

「はい、用事も済みましたしね。なんとも自分の未熟さを思い知らされた任務となりました。ははは……」

なぜかリーガルが落ち込んでいるぞ。

「またここのご飯、食べに来いよ。新メニューがどんどん増えていくからさ」

元気がないときは美味いご飯に限る。

「ああ、そうですね。昨日のシチューはおいしかったなあ。洋ナシタルト、でしたっけ、あれもよかったなぁ。王都では食べることの出来ない高級な味でした。お仕事で近くに寄ったら必ず来ます。それでは！」

そう言い、リーガルは白馬に跨り王都に帰って行った。

ああ、今更だけど、とんでもない忘れ物があると思うんだ。思い出してくれないか、リーガル。

なぁ、頼むから全てのトラブルの原因、水着魔女ラビコを王都に連れて帰ってくれ。

第4章　るるるるぶ節約旅行と蒸気モンスターの襲撃様

今俺がいる国は、ペルセフォスというらしい。

こないだ港街ソルートンを訪れた隠密騎士リーガルは、王都ペルセフォスから来たそうだ。王都ねぇ、そういや俺、この街から出たこともないな。異世界に来たからには、ぜひとも色んなところに行ってみたいぜ。

エルフとかいるんだろ？　出会ってみてーなー。


宿屋一階、入口近くの受付に座っていた女性、ロゼリィに聞いてみる。

「ロゼリィは他の国とか街とか、行ったことあるのかな？」

「えーと、子供のときに数度、ですね。大人になってからは、お店が忙しくてあまりチャンスがないですねー」

まぁそうか、ロゼリィには宿屋のお仕事があるしな。

「そういや食堂に世界地図があったな」

アイスレモンティーをカウンターで注文。世界地図が貼ってある食堂の壁の前に立ち、じっくり眺める。

「かなり大雑把な地図だな。さすがに見たことが無い地形ばっか。ソルートンは……あった、結構端っこなんだな」

壁に貼ってある地図は、デザイン優先で作られた物で、正確性は低そう。

俺がいる港街ソルートンは、大きな大陸の東の端っこにあるっぽい。

「あれれ社長、旅行〜？　旅行なの〜？　じゃあこのラビコさんが〜、護衛を格安で引き受けてあげましょう〜。あっはは〜」

地図を眺めていたら、水着魔女ラビコがニヤニヤと近付いてくる。護衛？

「あ、もしかして田舎者の社長は旅行初めて〜？　街の外は怖〜いモンスターがたんまりいるから〜、冒険者を護衛に雇わないと〜、大変なことに〜」

ラビコが大げさに演技し、か弱い少年が大きな熊みたいなモンスターに丸のみにされるショートコントを見せてくれた。それ俺か？

そういえばここ異世界だったな。気軽に行けるもんじゃないのか。

しかし一度は行ってみたいぞ。ちと旅行計画を立ててみよう。

俺が行きたい旅行なので、お金は全部俺が出す。まぁ、予算は無いから、超危険な旅にはなりそうだが……。


旅行計画。

宿の一階、食堂の一角で水着魔女ラビコに相談中。

ラビコは現在王都に在住で、過去に世界のあちこちを冒険したとか。

ならばその知恵を拝借、ということで色々聞いてみる。

異世界だと、街の外はモンスターに襲われる被害が出てくる。あとは盗賊。

色々自衛をしないといけないのだが、強い冒険者さんは雇うと高い。弱いと安いが不安。

徒歩だと移動速度が遅いため、狙われる確率が上がってしまうので、早く移動出来る馬車に乗ろうとすると、これまた出費がかさむ。

「高いなぁ。結局、世の中金かぁ……」

「ま～そういうこったね～。諦めてお金払うしかないね～。あっはは～」

そりゃーそうなんだが、俺にはそんな大金は無い。宿屋に泊まるお金を毎日捻出するので精一杯の俺に貯金なんてないし。

とりあえず隣の港街に行ってみようと計画。水着魔女ラビコによると、徒歩でも一日あれば行ける距離。馬車なら日帰りも可能。

「馬車。お一人様、片道百Gってこんなもの？」

「向こうも命が懸かっているし～、まぁ妥当かもよぉ～」

俺の問いにラビコが答える。片道一万円かぁ、まぁ異世界だし、そんなものなのかな。

「船はどうなのかな。ラビコ、相場分かるか？」

「高いよ～。片道二百G以上が基本で～、あとは移動距離でドンドン増えるね～」

うっは、お一人二万円……。三人だと片道で六万円、今の俺には無理。

「待てよ……」

ふと、以前港で無理矢理働かされた海賊のおっさんを思い出す。

「……漁船に乗っけてもらうってのは……どうかな」

「あ～……。話つければ安く済むかもね～。私、知り合いがいるから聞いてくるよ～」

マジか、助かる。

すぐにラビコが港に向かってくれた。

あとはロゼリィか。宿屋の仕事を休むことになるから、今オーナーであるご両親に相談中だ。


「許可貰えましたー！　二、三日なら大丈夫ですー」

ロゼリィが笑顔で走ってきて、ウッキウキで俺の横に座った。

「あぁ……楽しみです……あなたと二人旅……！　旅先で気が大きくなって……というお話をよく聞きますし、期待出来そうです！」

「二人じゃないぞ。護衛でラビコも来る」

今度、一日ラビコの言いなりになるという契約を結ぶなら、護衛のお金はいいと言われた。

金が無いし、もうその奴隷計画に乗っかるしかない。

後悔は後でするもんだ。今はいい。

「そ、そんな……私の愛の思い出計画が……」

しおしおとうなだれ、しょんぼりするロゼリィ。なんだよ、その愛のなんたら計画って。異世界で初めての隣街に行ってみよう旅行計画だっつーの。

そこに水着魔女ラビコが帰ってきた。漁船と話をつけてきた、とのこと。

お金はいいが、仕事を手伝うという条件付き。まぁ、仕方ない。向こうの仕事中にお邪魔するわけだしな。

出発は明日朝四時。大急ぎで各自準備開始。


次の日、早朝。

ソルートン港で待っていたのは、例の海賊おっさん。

「よぉ！　オレンジの兄ちゃん元気かぁ！　俺の船にどうしても乗りたいとか、命知らずな男よ！　ますます気に入ったぞ、がはは！」

なんか話が……ラビコが俺と目を合わせようとしない。

まぁ、とりあえず初めてこの街からの卒業だぜ。


漁船の推進機関が動き出し、ソルートン港を離れていく。

何やら魔法的なエネルギーで動く動力らしい。俺は詳しくないので分からん。

船の大きさは、学校にあった二十五メートルプールぐらいの長さだろうか。結構揺れる。

三十分後、漁場に到着、地獄がスタート。

「せいっ、ほいっ、せいっほいっ、せいっほいっ、せいっほいっ、せいっ……！」

「おらぁ！　回せ回せ！　一匹でっけぇの入ってんぞー！　引きずり込まれたくなかったら踏ん張れぇ！」

「せい……ほい、せい……ほほい……う、腕がぁあああぁ！」

海に沈む重い網を全力で引っ張ること二時間、俺の腕が限界突破。

「重さを感じる前に引っ張れっつったろ兄ちゃん！　おら、もう一息だ！　引っ張れぇ！」

他にも本業と思われる海賊おっさんのお仲間も乗っているが、俺よりちょっと上ぐらいだろうに、とんでない分厚い胸板メン揃い。みんなで網を引っ張る。正直、俺が手伝うほうが邪魔になっているのでは、と思う。

「せいっ……ほ……せ……」

疲労と直射日光と暑さで頭がやられ、視界が暗転。グッバイ異世界生活。俺は巨大魚のエサになります。

「新人が網に落ちたぞー！」

うわぁい、ぬるっぬるだー。何匹かの魚が俺の尻を激しくアタックしてくる。

「おほーーっ！」

「あらら～。……予想以上の地獄絵図になっちゃった～」

水着魔女ラビコが船の操縦席の屋根に座り、カモメと戯れながら溜息をついている。

宿の娘ロゼリィは、乗って五分で船酔いノックアウト。

狭い船内の端っこのベッドに落ちないように、愛犬ベスと共に縛り付けられている。

俺は巨大魚がいる網へダイブ。異世界でお友達が増えました。

そして出来たばっかりのお友達に尻を激しく突かれながら俺は思う、もう漁船は止めようと。

「生きてる……俺は生きてるぞー！」

時刻はお昼。日差しがすごかったので、濡れたジャージも乾いた。

漁船でのお仕事も終わり、本来の目的地の隣街ルメールに降ろしてもらう。

「じゃあまたな兄ちゃん！　もっといいもん食って腕の太さを二倍にしないと、いい船乗りにゃーなれねーぞ？　がっはははは」

海賊おっさんの丸太みたいな腕でバンバン背中を叩かれる。出そう。

あと俺、船乗りは目指してません。

「じゃー気をつけてな、がはは。ラビコ、帰りはどうすんだ」

「ん〜、帰りは陸路かな〜。まぁそれは私がなんとかするよ〜」

ラビコと海賊おっさんが何か話しているが、この二人、古くからの知り合いだそうだ。

見た目海賊おっさんと、網に落ちた俺を救ってくれた船の仲間たちにお礼を言い、漁船を見送る。

俺の異世界生活初、違う街に到着。

今までいたソルートンとそれほど距離が離れてはおらず、同じ国というせいか、大きな見た目の変化はない。ラビコが言うには、俺たちの街ソルートンは国の中でもかなり栄えた街らしい。確かにこの港街ルメールは少し規模が小さい。

ソルートンの人口や規模と比べたら、半分以下、といった感じか。

「さて、行くかー」

移動中の景色も旅行の醍醐味とか聞くが、そんなもん見る余裕なかったな。水平線と蠢く魚群しか記憶にない。

あと、お尻が痛い。長時間座っていたからではなく、魚たちの直接攻撃のせいで。

船酔いで動かないロゼリィを背負い、移動開始。愛犬ベスは貰った魚をくわえて超元気。

普段ゆったりした、体のラインがあまり見えない服を着ているロゼリィなのだが、彼女は結構……いや、とても良い体をしているのだ。この背中に伝わってくるお胸様の圧倒的質量……天国である。絶対に口に出して言わないけど。

「あっれれ～？　社長の顔がニヤついているぞ～、なんでかな～？　ねぇなんでかな～。あっはは～」

ちっ、気付かれている。水着にフード付きロングコートを羽織ったラビコが、ニヤニヤと笑い俺を小突いてくる。

「さ、さて行こう行こう！　楽しい旅行の始まりー」

誤魔化せ誤魔化せ。俺は動けないロゼリィを背負い歩いている、なんの下心もない、親切のかたまり少年なのだ。

にしても、周りの視線もあるか。とりあえずどこか座れる場所を探そう。

「……ぅ、ぅうーん…………うん……はっ！　ここ……どこです？」

宿の娘ロゼリィが覚醒。

ビクンと顔を跳ね上げ、キョロキョロあたりを見回している。

「あんま揺らさないでくれー。落としちまうぞ」

「え……？　あ、あああああああ！　おんぶ……私おんぶされていますー！」

ロゼリィが俺の背中で吼え、体をぐいっと密着させてくる。

「チ、チャンスです……！　こうやってぐいぐいと……！」

おおおおおお……！　背中に……何かが……！

「……落ち着け～、万年発情女～」

ラビコがロゼリィの頭を軽くパコンと叩く。

さすがに漁船での荒行で腕が限界だったので、ロゼリィを下ろす。

「あああ……もっと味わいたかったのに……。しゅん……」

ロゼリィが心底残念そうにトボトボ歩き出す。愛犬ベスも心配だったらしく、ロゼリィの足元に絡み付いている。

適当に街中を歩き、見つけたカフェで一休み。オレンジジュース、薄い。

……で、何しに来たんだっけ。この街。

何かがあるから、それを見たくて観光に来たわけではなく、旅行に行くんだという強い思いだけで来たので、目的がない。

このまま帰ったらこの旅行の思い出は、漁船でのお尻フィッシュアタックのみになるぞ。

まずは宿屋確保。荷物を置こう。安い宿屋を見つけ一部屋を借りた。すまんが男女別に出来るほど、俺にはお金が無かった。

一応女性陣に聞いたが了承してくれた。

「灯台公園にでも行くかい〜？」

水着魔女ラビコが窓の外を指し言う。

この街も港街なので灯台がある。

俺たちの街ソルートンにもあるのだが、崖《がけ》の中腹にあり、一般の人は近付けないようになっている。でもここ、港街ルメールは灯台が観光スポットとなっていて、灯台に上れたり、周囲が大きな公園になっているらしい。ラビコは過去に世界を股にかけ冒険をしていたようなので、色々教えてくれて助かる。

二十分ほど歩き、灯台公園に到着。

「おお、結構賑わっているなあ。屋台とかもあるぞ。うわっ焼きそばがある！」

公園内は砂場や滑り台など、ちょっとした遊具が設置されていて、お子さん連れのご家族が結構来ている。公園のあちこちにテーブルとイスが置いてあり、屋台で買った物はここで食うスタイルか。

「社長～、お腹空いた～。ご飯～」

ラビコに小突かれるが、公園内にはソースが焦げるおいしそうな香りが漂っていて、俺も腹が鳴ってきた。これはたまらん。景色より、まずは食い気だな。

ラビコ、ロゼリィにはテーブルの空いているところを取っていてもらい、俺が買い出しへ。

「いっぱいあるなぁ、目移りしそう。まずは基本からか、焼きそば一つ五Gを三個っと」

たこ焼きっぽいものにフライドポテトに……お、トマト売ってる。サラダ代わりにトマト三個、飲み物はお茶でいいか。

お盆に食べ物山盛りにして、二人が待つ席に戻る。

「社長～、デザートも欲しいなぁ～。ね～ロゼリィ～？」

「……あ、えーと……出来ましたら甘い物も欲しい、です……」

おっと忘れてた。お金はあまり無いが、移動費ケチった分はご飯に回すか。

「わかった、先に食べていてくれ」

「さっすが社長～、じゃあ頂いてま～す」


デザートを買って、席に戻る。

「どうだー美味いかー」

もう焼きそばは完食済み。二人はトマトをカットして食べていた。

「待ってました～、デザ～ト～。社長早く～」

「慌てんな。すげーもん売ってたから買ってきたぜ」

湯気の立つ黒いドロッとした液体が入った深皿を、テーブルの真ん中に置く。

二人が不思議な顔で見ている。落ち着け、これは合わせ技だ。

「そしてこれだ、パン」

取り出したのは長い形状のパン。俺はフランスパンと言ってしまうが、ここでは長パンとかいう、なんのひねりも無い名前だった。

「社長……？　これは一体～？」

二人共困惑した顔をしている、やはりこの世界にこの食べ物はないのか。今度、イケメンボイス兄さんに教えて俺たちの宿屋でも出してもらおう。

「パンをちぎり、この液体につけて食べる。チョコレートフォンデュという食べ物だ」

「おおおおお～、これホットチョコドリンクか～」

なんか飲み物としてホットチョコドリンクが売っていたので、深皿を貸してもらい、それに入れてもらった。

別の店でパンを買い、完成。簡易チョコフォンデュ。

とりあえず俺が食べ方を見せる。パンを小さめにちぎり、チョコドリンクに軽くつけてそのまま口の中へ。

「うん、美味い。もうちょいチョコの味が濃いほうが美味いが、簡易ならこんなもんだろ」

俺の食べ方を見た二人が、競うようにパンをちぎりチョコを付けて食べる。

「おいし～、あったかいチョコとパンの組み合わせって初めてかも～」

「あ、あああああ……！　溶けるぅ……おいしいです！　これ宿でも出しましょう！」

もちろんそのつもり。イケボ兄さんにいいお土産が出来た。

灯台展望台は有料だったのでスルー。その分はご飯に回すスタイル。


宿に戻り、夕食をいただきつつ、今後の予定を決める。

固いパンに、なんか野菜の細切れが浮いた薄い塩味のスープ。ちょいしょぼいが、安めの宿だし、こんなものなのかな。

「簡単に言うと～、徒歩、かな～」

ラビコから、残酷な帰り道の行程が発表がされた。

「やっぱそうなるか……」

漁船方式はもう嫌だ。これ以上お魚さんと友達になりたくない。しかし普通に客船に乗ると高い。じゃあ陸路になるが、もちろん馬車は高い。

「モ、モンスターとかは……」

ロゼリィが震えながら手を挙げる。

「いるよ～。夜はオオカミ系がやっぱいかな～、あっはは～」

慣れた冒険者なら丸一日で着くらしい。しかし体力の無い俺とロゼリィのペースでは、一日半〜二日は見たほうがいいとラビコ先生判断。

「どうしても山越えがあるからね〜。夜に山は危険だから〜、昼間に山を越えるようにペース調整すると、山の手前で一泊〜、がベターな選択かなぁ〜」

野宿かぁ……なんの用意もしていないが、どうしたもんか。

旅行も終わり。こうして帰り道の話が出てくると、急に寂しい気持ちになる。

とりあえず違う街に来れたので、俺の異世界生活満喫度1UPってとこか。


旅というものは、普段気付かない、その人の一面が知れると聞く。

今回は予算の都合で三人同部屋。若い男女が旅先で同部屋。日も落ち、狭い密室で男女が……言葉遊びはもういいか。

俺は寝る前のまったりとしたひと時に宿屋のパンフレットを見ている人、を演じ、宿の娘ロゼリィを眺める。

寝る用の薄着で、ロゼリィの妖艶《ようえん》な体のラインがバッチリ見える。しかしロゼリィは肌が白くて綺麗だなぁ。

ずっと宿屋で育って、仕事も受付だしな。太陽の影響での肌荒れは少なそう。よく化粧品を買っているしな。暇を見つけては出かけて、商店街の薬局で化粧品の新発売をチェックしているという徹底ぶり。

水着魔女ラビコは、ずっと冒険者生活をしていたそうだから、太陽で焼けた健康的な肌。

こちらは普段着が水着にロングコートなので、露出多めでサービス満点。ロゼリィは肌の露出は苦手みたいだな。いいスタイルをしているのにもったいない。

「社長さ〜、すっごいニヤけた顔をしてるの、自分で分かってる〜？　あと視線がストレートすぎ〜。もうちょっと気付かれないようにこっそり見ないとダメかな〜。あっはは〜」

くっ……しまった、気付かれていたか。パンフレットで顔を隠していたつもりだったのに。

「ほらロゼリィ、だから言ったじゃない〜。社長はこういう人だから〜、旅先では露出多目が有効だって〜」

ラビコがニヤニヤしながらロゼリィに話を振る。

「で、でも……やっぱり恥ずかしくて……。軽そうな人と思われるのはマイナスなんじゃないかと……」

それなら常に水着のラビコはマイナス振り切って、測定不能クラスになっているぞ。ラビコが話をズラしてくれたが、それに甘えず早く謝るか。

「いや……悪かった。さすがに部屋が一緒だとそういう欲も少しは出てしまう。こんなにかわいい女性たちと一緒の部屋に泊まれるなんて、人生初なんでな。舞い上がってしまった、ごめん」

次からはパンフレットに穴開けてそこから覗《のぞ》こう。名案だ。

「あっはは〜、社長正直過ぎ〜。私社長のそういうとこ好きかな〜」

「……わ、私も、か、覚悟は決まっています！　だから一緒に来ました！」

「ベッス！」

俺の愛犬ベスが二人に続いて吠える。驚いた三人の視線を受け、ベスが不思議そうな顔をする。

「……ぶっ、あははっ！」

女性二人が堪《こら》え切れないという笑い。いつもの平和な三人と一匹。

深夜、宿屋の一階のロビーで水をいただく。

静かな夜。俺たちの宿屋と違い、酒場が無いので夜は人もいなくて静か。

外の虫の声がよく聞こえるな。

ソファーに座り少し考える。

異世界に来て不安だったが、本当にあの二人と出会えて良かった。おかげで、なんと毎日が楽しいことか。もし違う街、例えばこの街に最初に降り立っていたら、俺は今頃どうなっていたのだろうか。ロゼリィがいない、ラビコもいない。ベスと俺は異世界で生きていけただろうか。

あの二人には感謝してもしきれない、とても大きな恩がある。いつか返せたらいいなぁ。例えばお金をたくさん稼げるようになったら、宿屋に出資して設備を豪華にしたりとか。ラビコは……キャベツ山盛りでいいか。

今日は宿の共用ロビーで寝よう。さすがに女性二人と一緒の部屋じゃな。

「……と、ベス……起きて来てたのか」

「ベッス」

愛犬ベスが二階の部屋からトトトと下りてきて、俺のお腹の上で丸くなる。

「明日は徒歩で大変だろうなぁ……。少ない資金でなんとか工面して安全第一で行こう……ふぁ……ねむ……」


翌朝、俺は宿の朝食の準備の音で目が覚めた。

いつつ……そういやロビーのソファーで寝たっけ……。

「ん……毛布……？」

俺とベスの上には部屋にあった毛布がかけられていた。女性二人のどちらかが、かけてくれたようだ。

「おはよ～社長～。……ふぁ～」

水着魔女ラビコが、眠そうに二階から下りて来た。

「おう、毛布ありがとな」

どちらかは分からんが、とりあえずお礼を言う。

「さて、なんのことやら～。それより社長～、キャンプの準備といこうか～」

キャンプ？　ああ、今日は野宿になるしな。

「野盗に怯え、モンスターの恐怖に耐え眠る、命を懸けたキャンプが～、今夜私たちを待ち受けている〜ってね〜。あっはは〜」

ラビコが大げさに振る舞いゲラゲラ笑うが、改めて言われると怖いな。

たしかにモンスターに襲われる危険をおしてのキャンプになるだろうし、命懸けか。対モンスター用キャンプグッズってのを買わないとな。野盗対策？　どうすりゃいいの。

「なので社長には〜、まずキャンプ場の入場料をきっちり用意していただかないと〜。一組百Gになりま〜す、あっはは〜」

キャンプ場に……入場料……？　ん？


宿代を精算し、街中にある雑貨屋さんへ。

「虫除けの煙、薪、火起こし、網、食器、食材、寝袋、テント……あああ、お金足りねぇ……」

俺は今夜の命を懸けたキャンプデスマッチに必要そうな物を見積もり、メモをとる。

ケチって命落とすよりマシ。この旅行で俺の全財産が無くなるぜ。ああ清々《すがすが》しい。

「え〜っと〜。必要なのは食材と簡易食器ぐらいかね〜。あ、虫除けはこっちのカラフルなのにしようよ〜」

水着魔女ラビコが必死にメモった紙を俺から取り上げ、必要な物が書かれたメモを俺に渡してきた。

虫除けのやつって緑以外にあんの？　さすが異世界……。

「煙の色も効果も全部同じなんだけど～、見た目がかわいいほうがいいし～」

なんだ、五色の煙で戦隊ヒーローごっこ出来るわけじゃねーのか。

「あれ、でも寝袋にテントが無いと、キャンプにならないんじゃ……？」

ラビコが随分と楽観的だが、もしかして焚《た》き火の周りに雑魚寝スタイル？　ワイルド過ぎじゃね？

「あははー、大丈夫大丈夫～現地調達するから～」

げ、現地調達……だ……と？

もしや木を切り倒しーの、骨組み作りーの、葉っぱで屋根作りーの、木の皮剥《む》いて貼り付けーのとかすんのか？　マジキャンじゃねぇか……、こりゃー本当に大変なことになりそうだぞ……。

男の見せどころか……よ、よし、ネットで斜め読みした知識で頑張るぞ……。


予想より極端に少ない荷物を背負い、街を出て街道を歩く。

天気も良く、景色が素晴らしい。ここは馬車が通る道らしく、かなり広い。道行く人もたくさんいて、ちょっと安心。

俺たちが持っているのは、虫除けの煙が出るやつの色違い、ピンク、黄色、水色。食材はたまねぎ、ニンジン、ジャガイモ、カレー粉っぽいやつ、お米。調理用具として鍋に簡易食器のみ。ようするに、今晩は肉無しカレーだ。水は各自水筒に入っている分だけ。

ラビコ先生が現地調達で大丈夫と言ったが……。

水は川や湧き水ポイントがあればなんとかなるが、テントとかがキツイなぁ。

本当に不安なキャンプになりそうだ。

何かあったら、ラビコは……自力でなんとか出来るだろう。でもロゼリィだけは俺とベスで守り切らねば。

「ふんふん～」

当のロゼリィは実に楽しそうにしている。不安なのって俺だけなのか……。


出発から三時間が経過。

お昼だが、今晩のカレー分しか食材はない。我慢我慢。

しかし本当に人通りが多い街道だな。俺たちと同じようなペースで歩いている人が何人もいるし、反対に向こう側から歩いて来る人ともたくさんすれ違う。

「は～いみなの衆～、休憩所が見えてきたよ～。待望のお昼だ～、あっははは～」

「やりましたー！　ご飯ー！」

ラビコが指した方向にある大きな建物を見て、宿の娘ロゼリィが喜ぶ。

見ると、多くの人がそこに集まり、各々休んでいる。さっきまで何もない自然豊かな街道だったのに、急に多くのお店が現れた。みんな楽しそうにご飯を食べ、笑顔で買い物などをしている。

え、何これ。命がけでハードでデンジャラスなキャンプはどこ行った。

「あれ社長～、どったの～？　変な顔して～」

水着魔女ラビコがニヤニヤと俺を小突いてくる。

「あ……いや、休憩所……あるんだ、ね」

山の麓のキャンプ予定地まで無言で歩くものかと……。

「あるよ～。ここって主要街道だよ～？　多くの人が常時行きかうから、各所に施設がちゃんとあるのさ～。あっはは～」

あ、そう……。

お店に入り、お昼ご飯。

小綺麗な食堂で、べっちゃりした野菜天丼。微妙。

食後、一休みしてから出発。リンゴでしっかり水分補給しながら歩く。俺の足元に絡み付く愛犬は、たくさん散歩が出来ている！　と超ご機嫌だな。

「……なんか進めば進むほど栄えてきたんだが」

何もない一本道をひたすら進むのかと思っていたのだが、山に近付けば近付くほど施設も人も増えてきた。なんだこりゃ。

「だいたいの人が山の麓《ふもと》で一泊するからね～。商売人はこの場所に目を付けるわけさ～。あっはは～」

なるほど、商売として成り立つほどなのか。

歩くことさらに数時間、日も落ちてきて、空が綺麗なオレンジに変化してくる。

「はい到着～、今夜の宿泊地さ～」

さすがにみんな元気が無くなっていたが、目的地が見え疲れきった顔に笑顔が戻る。ラビコが指す方を見ると……。

「ってなんだこりゃ！　ちょっとした街じゃねーか！」

道の両脇に立ち並ぶ宿屋宿屋宿屋……。観光地かと思うような人の多さに溢れる活気。

「あっはは～、活気がすごいよね～。で、我々はお金が無いので宿屋ではなく、こちらで～す」

ラビコに案内されるがまま立ち並ぶ宿屋を抜け、大きな広場へ。

広場は山の麓まで広がっていて、山と広場の境目に大きめの川が流れている。その手前には、ずらーっと並ぶテントテントテント……。

な、なんだこれ。予約の取れない超人気キャンプスポットじゃねぇか！

「社長～、受付でお金～。一組百Gだよ～」

唖然《あぜん》としながらもラビコに促され、受付でお金を払う。割り当てられた数字が書かれた木札をもらい、該当の場所へ行く。

「鯉《こい》の８番、鯉の８番……ここか」

そこには頑丈そうな造りのテントが張ってあった。寝袋も人数分、受付で受け取っている。

管理人もいて、警護の人も何人も控えている、結構な場所。

「……なぁラビコ……ロゼリィ……知ってた、のか？」

「わ、私も朝ラビコに聞いたのですが、あなたを驚かせようという案に……の、乗りました！」

ロゼリィが全力で頭を下げてくる。ラビコはニヤニヤと、人を平気で食うようなタイプの魔女の笑いをしている。

「あっはは～、社長がすっごい怯えてたからさ～、もっと脅してビックリさせてやろうと思ってさ～。うまく行き過ぎて怖いぐらいだったよ～。あっはは～」

「お、お、お前等ーー！」

「ええ～。じゃあ～、宿屋に泊まろうよ～。こんなにかわいい女性二人を狭いテントって～、社長は私たちに対して愛が足りないと思います～。なのでこれぐらいのイタズラは許されると思います～」

「…………！　……は、はい……す、すいません……ぐぅ」

あああああ！　愛＝お金かよ！

異世界でもこの計算式、成り立つの……ね。というか、俺が全部出すって決めたせいで、女性二人に迷惑をかけているような……。ご、ごめんなさい。

テント前で夕食作り開始。薪《まき》を並べ、石に囲まれた専用の場所で火をおこす。

食材を切り分け鍋に入れ炒める。ある程度火が通ったらカレー粉とかで味付けをする。やばい、キャンプ超楽しい。

「ご飯炊き上がりましたー！」

ご飯は宿の娘ロゼリィが手を挙げたのでお任せした。笑顔で鍋の蓋をパカッと開くとぶわっと湯気が立ち、白米の甘い香りが周囲に広がる。美味そうなお米が完成、こちらのルーもあと少しで完成だ。

「ふおおお〜、カレー〜カレー〜！　たまらんですな〜、あっはは〜」

ラビコがヨダレをたらしながら身震いをする。

気持ちは分かる。朝からずっと歩き通しでみんな疲れている。そこにこの香辛料たっぷりのカレー、俺も気が急《せ》くぜ。

辺りはもう暗いが、各所で対モンスター用明かりが焚かれているのと、食事の準備でみんな火を使っているので、かなり明るい。

テント広場の向こうには川が流れていて、景色は最高。

調理用の水は山から湧水《ゆうすい》が引き込まれ、誰でも使いやすいようになっている。

売店で鍋、食材も売っていたが、観光地値段で高い。だからラビコは街で仕入れたのか。つかここ、施設すご過ぎ。

「辛口カレー完成だ。みんな食うぞー！」

「おおお〜」

ゴな。


「カレー大好きです！」

「ベスッ」

お皿に盛り付け、手を合わせ食材に感謝。あ、愛犬ベスは買っておいたペットフードとリンゴな。

「おいしいです！」

「ピリピリピリ〜、辛おいしぃ〜。あっはは〜」

女性二人が良い笑顔。どれ俺も……うん、美味い。肉は街からじゃ管理が無理なのと、現地だと高いので肉無しカレーだが、十分うめぇ。

周りを見ると、焼きそば、煮込み鍋、バーベキューとみんなおいしそうだなぁ。


全員おかわりをして残さず完食。共同洗い場で食器を洗い、片付け完了。

夕食後、テント利用者は宿屋のお風呂施設を五G、日本感覚五百円で使えるとのことでお風呂へ。ペット可だったので、俺は笑顔で愛犬と入浴。今日の疲れと汗を流す。

女湯は見えない、すまんな紳士諸君。


お風呂を終えたら急に眠気が……。ふぁあ……歯磨いて寝よ。

虫除けの煙を焚き、周囲に置いてからテントの中へ。

愛犬ベスは、テントから伸びいてる雨避けの下が気に入ったらしく、そこで丸くなる。テントは五人は寝れそうな広さだし、中に入ればいいのに。

テントの中には寝袋が真ん中に三つ、川の字よりも狭く、くっつくレベルで並べられてある。

あれ？

「社長〜、待ってましたぁ〜。ささ、ささささ、どうぞこちらに〜」

ニヤニヤとラビコが指したのは、真ん中の寝袋。右にラビコ、左にロゼリィが陣取っている。

「なぜに俺が真ん中……」

「いやぁ〜、これが一番正しい姿じゃないかな〜と。あは、あっはは〜」

ラビコが悪だくみした魔女の笑顔。

いやこれ、肩が触れるってレベルじゃねーぞ。

とりあえず寝袋に入ってみる。真横にロゼリィ、ラビコの顔がくる。

……これ、気になって寝れないいんですが。

「シ、シャンプー、小さいのを買ってみました。バラの香りだそうです……」

ロゼリィが髪をアピールする度、甘い香りがする。ラビコからも石鹸《せっけん》のいい香りが。

「…………………………」

俺は目をぐっと閉じ、無心の世界へと旅立つ。

「あれれ〜？　どうしちゃったのかな〜、我らが社長は〜。ね〜ね〜、チャンスなんじゃないの〜？　これチャンスなんじゃゃないのかなぁ〜？」

目を閉じていても想像がつく、水着魔女ラビコのニヤニヤ笑顔。

俺の異世界生活最大の障害って、ラビコという存在なんじゃないか、と確信した夜。

早朝、今が異世界生活何日目かは知らんが、ついに俺は悟りを開いた。

右には石鹸のいい香り、左にはバラの甘い香り。だが俺はその誘惑に完全に打ち勝った。

ほとんど寝れなかったのは仕方が無い。それほど俺は悟りの世界に没頭していたということだろう。うん。


「あー……ひでぇ目にあった」

今何時だ……何かキャンプ場に濃い靄《もや》がかかっている。まだほとんどの人が寝ているようだ。

感覚的に朝五時ごろだろうか。

テントから静かに出て、水場で顔を洗う。

「あ、タオル忘れ……」

「おはようございます。はい、タオルです。今日で旅行も終わりですね」

宿の娘ロゼリィが俺用のタオルと、石鹸やシャンプーが入ったポーチを持って現れた。起きてたのか。

「なんか、あっという間だったような長かったような……よく分からないよ。あはは……」

「そうですね。私はとても、ものすごく楽しかったです。家業がありますので、あまり街の外に出ることがなかった。行こうとも思わなかった。でも、あなたと知り合ってから私、すごい変わりました。毎日がとても楽しいです。ご飯がすごいおいしいです。私、とても笑うようになりました」

……いつだったかイケメンボイス兄さんが言っていたな。ロゼリィはすごい気弱で、毎日泣いていたとか。もしかしたら、宿屋の受付のお仕事が嫌で嫌で仕方がなかったのかもしれない。

「私……以前はすごい気が弱くて……。怖い人に毎日絡まれて……もう、怖くて怖くて毎日一人で下を向いて泣いて……」

ロゼリィが泣きそうな顔になるが、ロゼリィの言葉を途中でさえぎり俺は言う。

「俺は以前のロゼリィのことは知らない。俺が知っているのは、毎日笑顔で宿屋の受付をし、笑顔で料理の配膳をし、笑顔でご飯を食べ、化粧品の新商品を欠かさずチェックし、それを笑顔で俺に自慢をしてくる。毎日楽しそうに笑い、元気で優しくて……かわいい女性だ」

俺はロゼリィの涙を拭い、優しく笑う。

「……う、うう、ずるいです……あなたはずるいです……。そうやってどんどん私の心の深いところに平気で入ってくる。気付いたら私はあなたのことばかり考えている……。あなたがうちに来てくれてよかった、あなたでよかった……。私は、あなたが……」

ロゼリィが目を閉じ俺に顔を近付けて来る。

「…………………」

俺はロゼリィのおでこに軽く口をつける。

「……ずるいです。逃げました」

今の俺には……ここが限界だ。ロゼリィが笑顔で俺に抱き付いてくると、髪からバラの良い香りが周囲に広がる。

ふと気付くと、さっきより靄の濃度が濃くなってきたような。

こりゃー今日の山越えはキツイかな、最悪延期か……。

「…………ん？」

テントが並ぶ広場の向こうは大きい川になっていて、その川を越えると、木がうっそうと生えた手つかずの山になる。今、その山の中から何か赤く光る物が見えたような。

するると突如山が揺れだし、重く巨大な物によって木がなぎ倒されるような鈍く嫌な音が聞こえだした。

重そうな何かが動くたび地面が揺れ、折れた太い木が川に落ちていく。

固そうな甲羅から伸びる大きな頭。巨大な顎《あご》と牙《きば》、赤く光る目、三階建ての建物より大きな巨体、首の長い亀のようなモンスターが濃い靄の向こうからゆっくりと現れる。口から白い蒸気をドライアイスのごとく漏らし、テントが並ぶ広場に赤い目を向けてきた。

でかい……。な、なんだあれ……今まで見たことのあるモンスターとは明らかに雰囲気が違う。恐怖、その一言に尽きる。

「あ、あああ……」

ロゼリィが恐怖で震え、しゃがみ込む。俺もビビって体が動かない。

一歩歩くたびに地震のように縦揺れが起こり、その巨大な質量に俺は言葉を失う。

目を赤く光らせ、鼻から大きく空気を吸い込み、また大量に蒸気を口から吐き出す。周囲はさらに靄の濃度が濃くなり、視界がとても狭い危険な状況になる。

巨大なモンスターは鼻を軽く動かし、顔を俺たちのほうに向ける。

「これ、やばい……」

赤い目が激しく光り、口から白い蒸気の塊を飛ばしてきた。

「速い……！　ロゼリィ……！」

俺はロゼリィの頭を押さえ、姿勢を低く取らせる。

俺たちの頭の上を通過した蒸気は共同洗い場を直撃、石で出来た囲いを吹き飛ばす。異変に気付いた人たちがテントから出てきて、巨大モンスターに驚き騒ぎが起き始めた。

くそ……！　これは結構やばいぞ。このままだと大きな被害が出てしまう。

「ロゼリィ逃げろ！　早く！」

俺はそいつを引きつけるように走り、多くの人がいるこの場所から遠ざけようとした。しかし巨大モンスターはまた鼻を軽く動かし、ロゼリィに顔を向ける。

「ちっ……！」

ロゼリィはもう恐怖で動けない状況。

なんだ、なぜロゼリィに向かう？　動いた俺に向けよ！　まてよ、鼻を動かすあの動き、もしや……。

「ロゼリィ！　昨日のシャンプーを俺に投げろ！　早く！」

「あ、ああ……シ、シャンプーですか？　こ、これ……は、はい！　これです！」

ロゼリィが震えながらもポーチからシャンプーを取りだし、俺に投げる。俺は受け取った瞬間、頭から勢いよくシャンプーをふりかける。

巨大モンスターが鼻を大きく動かし、頭を俺に向けてきた。

やった……成功だ。アイツ、多分目はあまり見えていないんじゃないか。鼻から来る情報を頼りにしている感じだ。

「ロゼリィ！　警護の人を呼ぶんだ！　みんなを避難させてくれ！」

「……あ、あなたは……！　あなたはどうすると……！」

俺はバラの香りを振りまきながら、人がいない川の上流方向へと走る。

巨大モンスターも俺を追うように体を動かす。

「こっちだ！　来いよ化け物が！」

くそ……こんな巨大なモンスターがいるのかよ。異世界を舐めていたぜ。

「はぁっ……はぁっ……！」

俺は川沿いをひたすら走る。巨大モンスターは動きが遅く、このまま走れば振り切れるか……。

しかし自分だけ助かろうと振り切ったら、キャンプ場の人が……くそ……！

オオオオオ……！

背後から地鳴りのような声が周囲に響き、直径四メートルぐらいの巨大な蒸気の塊が俺に向かって飛んでくる。さっきよりデカイ……！

「危ねぇ……！」

慌てて左に跳んで蒸気を避ける。前方の川で大きな爆発と水柱が噴き上がる。あんなもん喰らったら、ひとたまりもないぞ……。

モンスターの目が赤く光り、巨大な口からまた蒸気が溢れ出す。口をガパッと開き、真上に勢いよく巨大な蒸気の塊を吐き出すと、それが上空で大きく爆発し、周囲に蒸気が分散して降ってくる。

「うわっ……熱っ！　熱いって！」

雨のように降り注ぐ蒸気を避けることは出来ず、俺は何発かまともに喰らってしまった。

さっきまでとは違い、蒸気の大きさを分散させたせいか致命傷にはならず、野球の硬球が当たったぐらいの痛み。いや、いてーよ。ものすごい痛いよ……熱いし。

正直、手立て無し。ロゼリィが警護の人か強い冒険者さんを呼んでくれるのを信じ、待つしかない状況だ。

オオオオオ……！

巨大モンスターが吼える。

なんという不快な声、耳が痛いぐらいに響く……！

モンスターがぐっとかがみ、そのまま真上にジャンプ。巨体が五メートルほど浮き上がり、そのまま地面に着地。

ズズン……と腹に響く音が鳴り、激しい揺れと衝撃波が俺を襲う。

揺れでまともに立っていられないところに、かまいたらみたいな物が飛んできて顔や腕が切られる。

「いってぇえ……！」

左腕に激痛。血がドバッと噴き出す。やべぇ……これ。

破裂音が聞こえたと思ったら、巨大な蒸気の塊が俺の目の前まで迫っていた。

はは……こりゃーあかん……。

わりぃ、ベス……ラビコ……ロゼリィ……結構楽しかったぜ。

「目覚めよ一角獣の加護！　全てを貫け……アランアルカルン！」

どこからか声が聞こえ、俺の背中のマントから白く眩しく光る一本の角が上空に伸び、角の頂点から溢れた光が俺の周囲を覆う。

光の外の地面が吹き飛び、後方で爆発が起きる。

俺の周囲の地面だけが残り、マントから伸びた光る角が消えていく。

目眩《めまい》を覚え、意識が遠くなる。くそ……。

俺の前に空中に浮いた女性が現れ、巨大モンスターを睨んでいる。

紫に光るものを体に纏《まと》い、手には杖を持っているが……。

「はは、その杖にキャベツが刺さっていなかったら……結構格好いいシーンなんだろうなぁ……」

水着魔女ラビコの背中を確認したところで、俺の視界が暗転する。

「無事か……おい！　…………チッ！」

オレンジ色の服を来た少年が意識を失い、地面に崩れ落ちる。

纏った紫の光が膨れ激しく動き出し、周囲の色をも紫に変える。

「やってくれたな……蒸気亀……。私は普段とっても温厚で平和主義な女なんだが、絶対に許せないことがある。それは私の大事な物を傷付け踏みにじる行為。そしてこいつは、私の今一番お気に入りの男でな……」

轟音《ごうおん》と共に遥か上空に七つの光が生まれ、照準がゆっくりモンスターに合い、光が集まる。

「私の物を勝手に傷を付けてくれたお礼を盛大にしないとなぁ……！　天の怒り、その身で受けるがいい！　さぁ耐えられるか、天の七柱……ウラノスイスベル！」

天空から七つの光が降り注ぎ、モンスターの体を貫く。

オオオオオ……！

体に開いた七つの穴から激しく蒸気が噴き上がる。モンスターは巨体を揺らし唸《うな》り声を上げもがくが、体が全て蒸気に変化し、跡形も残さず空中に霧散していく。

「十年かけてあれだけ消し去ったってのに……元を絶たないと無限に湧くのか。蒸気モンスターめ……！」

あれ。

目を覚ますと、白いカーテンに囲われた知らない天井とベッド。いつつ……どうなったんだ、

「…………ぅ…………」

左手がいてぇ……。見ると包帯が巻かれている。誰かが処置してくれたのか。

右手に温かく、優しい感触。ロゼリィが俺の手を握り寝ているようだ。

目の下には、相当泣いたと思われる跡が見える。

「とりあえず生きてるな、俺」

ロゼリィの手を握り、生きていることを実感する。

「……ぅ……は！　あ……あああ！　良かった……目を覚ましたんですね……良かった

……！」

ロゼリィが目を覚まし、俺を確認し、驚きの顔から泣き顔に変化。

そして思いっきり俺に抱き付いて来る。

「いってて……、左手はあかーんって……」

「あ……ご、ごめんなさい……。つい嬉しくて……」

俺は右手でロゼリィの頭を撫でる。彼女にケガはなさそうだ。

愛犬ベスがトトトと歩いて俺の胸に座り、顔をぐいぐい押し付けてくる。

ああ、これ寂しかった合図だ。

「……キャンプ場の警護の人に状況をお伝えしていたところに、煙を吐く大きな怪鳥みたいな

のが現れて……。警護の人はキャンプ場のみんなを守るので手一杯の状況になってしまって……。すぐにラビコを起こしたら、紫の光を出してあなたの元に飛んで行ってくれました」

ロゼリィが当時の状況を教えてくれたが……マジか、キャンプ場にさらにモンスターの新手が来たのか。しかしここの警護の人って優秀なんだな。

「怪鳥はベスちゃんが私を守るように動いてくれて、ほぼベスちゃんが倒してくれました」

あ、そ、そう……ベスが……。

ご主人様と違って、うちの犬ってどんだけすげぇんだ……。お疲れ様だベス、ありがとな。

俺はベスの頭を念入りに撫で、労をねぎらった。

「悪いロゼリィ、ぬるま湯もらえないかな」

一安心したら喉が渇いた。刺激の少ないぬるま湯が欲しい。

「分かりました！　もらってきます！」

ロゼリィがパタパタと部屋を出て行く。ここ、どこなんだろうか、近くの宿屋にある診療所だろうか。

「…………」

出て行ったロゼリィとすれ違いで水着にロングコートを羽織った女性、ラビコが無言で部屋に入って来る。

ちょっと怒ったような、不機嫌な顔。キャベツありのハードモードのほうか。

「ラビコ、ありがとう。助かったよ」

俺はお礼を言うが、ラビコは不機嫌な顔のまま。

「……生きているようで何よりだ。キャンプ場から引き離そうとしたお前の行動は正しかった。あいつはアーレッドドラゴンと言い、動きは遅いが嗅覚《きゅうかく》が優れている奴でな。シャンプーで動きを引き付けたのは、よく気が付いたと言っておこう」

あいつ鼻がよく動いていたからな。

「しかし情けない、蒸気モンスターの出現に気付けないとは……。お前の行動とロゼリィの報告が素早く警護に伝わったおかげで、負傷者は少なくて済んだ。あの亀、アーレッドの背中に共生している怪鳥共を、ベスがほぼ倒してくれたからな
ははは……そのベスのご主人様は、戦力にならない状況で申し訳ない。

「その、蒸気モンスターと言うのは何なんだ？」

ラビコに聞いてみる。蒸気モンスター、初めて聞く言葉だ。以前ソルートンの農園の監視をしていたときに現れたモンスターとは、明らかに異質な存在。

「その名の通り、蒸気を出しているモンスターのことだ。この世界の常識として、蒸気を見たら逃げろ、というものがあるぐらい危険な化け物さ」

そうか、この異世界に来て日の浅い俺が知らないだけか。

「そこらのモンスターと違って異常な強さを持つ奴等でな。蒸気モンスターの大きな特徴として、倒すと亡骸《なきがら》は残らず、蒸発していく」

ラビコの言葉に俺は驚く。

倒したら蒸発……？　それ本当にまっとうな生き物なのか？

「それ……本当にこの世の生き物なのか……ってぐらい不気味だな。消えて無くなるなんて……」

「あいつ等は……多分この世界由来の生き物ではない」

この世界で生まれ育った物ではない、ってことか？

どういうこっちゃ。宇宙からでも降って来たのか？

「これは単なる推論、証拠のない物語として聞いて欲しい。あいつ等はここことは違う、おそらく別の世界から来たのでないだろうか、と私は考えている」

別の世界？　それって……異世界、転生転移……！

「…………」

俺がここに来たように、違う世界からここに来たやつは他にもいる……かもしれないってことか？

「どうした、斜め上過ぎる考えと思ったか。私だってそう思う、ありえない……とな。だが、そうとでも考えないと説明がつかない、それぐらい異常なんだ。あいつ等の強さは」

自分以外にもこの世界に来ている、別世界の生き物がいる。

では人はどうなのだろう。

俺以外にこの世界に来ている、同郷の人物等はいないのだろうか。

もしかしたら、他にも俺のようにこの世界に来ている人がいるかもしれない。

この世界には存在していない単語を使っていたり、行動含め、そういう人がいないか、今度探してみるか。

「あ、そうだラビコ」

「なんだ、アーレッドならちゃんと消滅させてきたぞ。このラビコ様を舐めるなよ」

いつもの間延びした、ホヤ〜っとした雰囲気のラビコとは違う、はきはきとしたハードモードのラビコ。キャベツを杖に刺しているときにしかお目にかかれないレアキャラなので、会えている今、言っておく。

「こっちのキリッとしたラビコもいいな。そのギャップに萌えるというか、俺はどっちのラビコも好きだぞ」

「……こ、この！　そういうことはあっさり言うな！　もっと良い場所と良い雰囲気作りをして超高級紫魔晶石リングを左手の薬指にはめながら言うんなら考えるぞ！　私は高い女なんだ！　か、金を積めよぉ！」

俺が微笑むと、ラビコが顔を真っ赤にして早口で捲《まく》し立ててきた。

その超高級なんたらリングってのはいくらするのか知らんが、大丈夫、俺には絶対用意出来ない代物だと思うぞ。

「ああぁ！　ず……ずるいです！　私だってそういうこと言われたいのに！　ラビコだけとか不公平です！　さぁ、私にも甘い言葉を下さい！　さぁ、さぁ！」

廊下から慌てて入って来たロゼリィが、ぬるま湯の入ったコップを俺の頬に押し付けながら迫ってくる。

ベスがコップからこぼれたぬるま湯をペロペロ飲む。何だこの絵は。

この日はこのまま宿屋に宿泊。

負傷者は特例、ということでタダで泊まれた。ありがてぇ。


次の日、ラビコが馬車を自費で用意してくれた。さすがにここに長居も出来ないし、負傷中の俺に気を使ってくれたようだ。

歩けはするが、山越えはまだ無理そうだしな……。

「全て自分で支払おうとしていた〜、社長の面目を潰してしまうかもしれませんが〜、非常時ですので〜、乗りやがれでございます〜」

水着魔女ラビコがムスっとした顔でぐいぐいと俺を引っ張り、馬車に押し込んでくる。

いや、それに関しては謝るしかない。そのせいで、女性二人に迷惑をかけてしまった。

そしてラビコが用意してくれた馬車とやらが、マジですげぇ。

馬五頭立ての、豪華な彫刻なんかが飾りとしてついている黒塗りの馬車。内装も豪華で、お尻が痛くなる木の椅子ではなく、フッカフカのソファー。馬車内も足を伸ばせる広さだったりするが……なぁこの馬車、いくらするんだよ。

「い、以前、国の偉い人が来ているの見かけたことがありますが、こんな感じでした……！」

ロゼリィが場違いなのでは、と終始身震いしていた。

五頭立ては山道もスイスイ〜、こりゃー楽だわ。

夕方、馬車は順調に進み、見慣れた我が街ソルートンに到着。

無事……じゃないけど、帰って来たぜ。

「やぁおかえり。とりあえず全員いるね、良かった」

イケメンボイス兄さんが、わざわざ宿前で出迎えてくれた。

俺がケガをしていると知り、夕食は栄養たっぷりのスペシャルメニューを奢ってくれるとのこと。やった、すっげー楽しみだぞ、それ。

兄さんが笑顔で用意してくれたのは、きのこたっぷりホワイトシチュー。

小麦粉多めのとろみが強めで、これがもう美味い。いくらでもパン食えんぞ、これ。

ああ、そうだ。パンと言えば、旅先の灯台公園で披露したチョコフォンデュを兄さんに教えておこう。

「おお、ロゼリィちゃーん。いなくて寂しかったぜー！」

「やっぱロゼリィちゃんがいないと酒が飲めねーよ、なぁみんな！」

「ラビコ様ー！　み・ず・ぎ！　み・ず・ぎ！　水着頼むよー！」

「きゃー、ベスちゃんかわいいー！」

帰って来た俺たちを、酒場の常連さんが温かく迎えてくれた。

つか歓迎ムードなのは、ロゼリィとラビコだけかい……俺は……。

そして女性の歓喜の声を浴びた愛犬ベス、お前は今日から敵な。


二日後、傷口も塞がり治りも順調っぽいので、包帯を外してみた。

大きく動かすとまだ痛いが、完治までそう時間はかからないのではないかな。

「社長～、腕治った～？　ねぇねぇ治った～？」

宿屋一階のいつもの席でお昼ご飯の肉野菜炒めをモリモリ食べていたら、水着魔女ラビコがニヤニヤしながら近寄ってきた。

「治ってない」

「ふぅ～ん、どれどれ～？」

二日でそんな急速に治るわけねーだろ。

ラビコが俺の左腕の傷付近をじーっと見ている。

そういや、この世界に攻撃魔法はあるっぽいが、その逆、回復魔法ってあるんだろうか。

「なぁラビコ。傷を治すとかいう、便利な回復魔法はないのか？」

「回復魔法？　社長の心の傷を癒すことは出来るかな～？　ほ～ら、くらえ～」

ラビコが右側から抱き付いて来た。

くく……、俺はこの間の旅で悟りを開いた男。この程度のボディタッチ、眉毛すらピクリとも動かぬわ。

「ぬぬぅう、ぬぅうん……すいません無理です。心の傷は癒えたんで離れて下さい……」

だめだ、ラビコって水着だから、体の柔みがダイレクトに来る……。十六歳の少年に耐えられる感触じゃあないっす。

「あっはは～、相変わらずこの手の攻撃には弱いなぁ社長は～。あ～楽しい～」

ラビコがニヤニヤ笑い、俺の反応に満足気な顔をする。ちっ、思いっきり遊ばれてんなぁ、俺。

まぁ、ラビコの水着に包まれた大きなお胸様の感触を味わえたので、内心何の不満も無い。むしろご褒美。

それはいいとして、あの、回復魔法ってあるんでしょうか。

「う～ん、言っていいのかな。社長～、耳貸して～……」

お、秘密の話か。ぜひ聞かせてくれ。

「ふぅ～ふふふっ……あははぁ」

うひ！　耳にふーふーすんな！　ぞくっとくんだろ！

「ごめんごめん～。じゃあいくよ……はぁ～んっ、お・か・ねぇ～」

ホアァ、エロい感じで言うな！　ってお金かよ！　そりゃー治療費にお金かかるし、お金あれば回復するってか。アホか。

「あっはは～、冗談さ～。社長は信じているし、たぶんいつか会うだろうから言うけど……」

そう言ってラビコがまた耳に口を近付けてくる。

くっそ、ラビコって良い香りすんなぁ……。

「あるよ」

そう小さい声で言うと、口の前に人差し指を当て、し～っとジェスチャー。

あるのかよ。でもなんで秘密みたいな雰囲気なんだ。

「社長、お部屋おいで～」


アイスコーヒーを二個持ち、宿屋二階のラビコの部屋へ。

相変わらず備え付けの物以外は、杖と小さなカバンしかない部屋。

水着魔女ラビコがベッドに座り、アイスコーヒーを一口。俺は立ったままいただく。

「うふふ～、社長は回復魔法が欲しいのかい～？」

「そ、そりゃー欲しいな。こうやってケガしても治るんだろ？」

ゲームでパーティを組むとき、ヒーラーは必須だろ。

そしてここは現実、ケガをしたら、最悪死が待っている。

「そうだねぇ、あれは本当に奇跡だね～。あれを見せられたら、神と崇《あが》めてしまうかもね～。致命傷のケガが一瞬で治るんだもんね～。ねぇ、もし回復魔法を使える人がこの世に一人だけいたとしたら、街の人はどういう反応をすると思うかな～？」

この世に一人だけ？

うーん、毎日大行列だろうな。死ぬかもしれないケガを回避してくれるわけだ。

我先にと強引に動くような人も出てくるだろうし、最悪パニックが起こり、回復魔法を使える人を力や権力を使い奪い、個人で独占しようとする人も出てくるかもしれない。

そしてそれが原因で、大きな争いが起きるかもしれない……。

「なんか……考えると人の醜い部分がいっぱい出てきた。もしかしたら、俺だって生き死にが目の前に迫っていたら、強引に独占しようとか、極端な行動をとるのかもしれない」

ラビコが虚空を見上げ、静かに、ゆっくりと喋りだす。

「昔、とある田舎の小さな村で奇跡が起きたんだ〜。モンスターに襲われた人が酷《ひど》いケガを負ってさ〜。もう助からない、周りの人がそう思い諦めかけたとき、光と共に現れた『神』が奇跡の力で、そのケガを一瞬で治したんだ〜。そうしたら、その小さな村で『神』を巡って争いが起きたんだ〜。村は燃え上がり〜、殺戮《さつりく》が起きたの〜。それを偶然近くにいた勇者が、『神』を匿い争いを収めたの〜」

絵本とかそういう、作られたお話か？　神とか……。

「そして勇者は『神は天上世界に帰られた、また千年後現れるだろう』、と宣言したのさ〜」

ラビコが微笑み、じーっと俺を見てくる。

「子供向けとかの絵本のお話なのか？　神とか千年後とか」

「……今のは十年ぐらい前に、とある地域で広まった物語さ〜。じゃあ今のお話の『神』の部分を、『女の子』に換えてごらん〜」

『神』を『女の子』に換える？　どういうことだ、えーと……。

「回復魔法を使えた女の子を巡り殺戮が起き、村が燃えた……」

おいおい、急にリアルな事件になったぞ。

「後半の宣言は、勇者が思い付きで言った方便さ～。でも前半は本当に起きたことで～、勇者は今でもその女の子を守り、旅を続けているのさ～」

女の子は神だったとして物語に仕立て上げ、その子を守ったというとか。

「なんか悲しいお話だけど、その勇者はすごいな。さすが勇者と呼ばれるような聖人なんだろうなぁ」

俺がそう言うと、ラビコが堪えきれない笑顔で言った。

「ないないない～！　聖人とか……あははっ！　あれは単なる女ったらしって言うんだよ～！　あっはははは～！」

ラビコがまるでその場で見ていたかのように言うが……女ったらし？　そういえばレンタルアーマー計画のとき、ラビコが女ったらしのお下がりとか言っていたような。もしかして、その勇者という人物と同一人物なのか？

ラビコが笑顔から少し悲し気な顔になり、窓から遠くの空を見上げ、言う。

「あいつの旅はこの世界から回復魔法が無くなるまで、終わらないのさ～……」

第5章　少年は異世界の全てを見たいし海で水着も見たい様

ピロロ－ピュロロロロロ～ヒポッ
今日は天気も良く気温も高めだったので、愛犬ベスの散歩コースを変更、港街ソルートンの南側にある海に来てみた。

港ではなく、砂浜のほう。とある理由で、港にはなるべく近付きたくない。

おお、結構泳いでいる人がいるな。俺も水着があったら海に飛び込みたいところだ。

ベスが大喜びで砂浜乱舞するかと予想していたのだが、俺の横にぴったりついて、ピクピクと耳を立て右のほうを見ている。まぁ、理由は分かる。

「あれはなんだろうな、ベス」

家族連れ、カップル、友達同士などのグループで賑わう砂浜の一画で、一人の男が水着姿の棒立ちで縦笛を吹いているせいで、平和な砂浜が異様な光景となっている。

ピーロロロロロッ～ヒポッ
音が鳴るたびベスが反応する。

何かのパフォーマンスだろうか。どんな世界でも、自分には周りとは違う個性がある、と表現したい人はいるのだなぁ。

異様な光景と表現したのは、その男の周囲五メートル程にカモメ、カラス、スズメ、よく分からないでかい鳥、野良猫、野良犬等が集まり、砂浜が見えないぐらい埋め尽くされているから。

　ついには海から亀も顔を出し、砂浜を一生懸命移動し、その男の元に行こうとしている。

「ハーメルンか何かか、あれ」

　よく見ると、男の後ろには刃幅の広い巨大な剣があり、モニュメントのように砂浜に突き刺してある。

　愛犬ベスが笛の音に耐え切れず、小走りでその男の元へ向かっていった。

「こら、ベス。パフォーマンスの邪魔しちゃいかんって」

　慌ててベスを抱えて持ち上げ、その場を離れようとしたら、その男と視線が合ってしまった。

やべ。

「パーティー、ですか」

「パーティー？　いえ、ベスと言う名前の犬です」

　この世界一かわいい柴犬はパーティーなどという名前ではなく、ベスという愛くるしい名前なんです。

　男は無表情で巨大な剣に張ってある、手書きの紙を指した。

　紙には、パーティーメンバー募集中！　当方屈強ファイターです！　と元気な文字で書いてある。ああ、パーティー募集をしているのか。

　それはいいが……なぜここで。

「冒険者さんですか。ここより冒険者センターで募集したほうがいいと思いますが」

「ここの、ほうが人、多かったの、で」

声が小さくて細切れで聞き取りにくいな。集まっている動物たちの声がうるさいのもあるが。で、なんで笛吹いてんのかな。ファイターってんなら、剣振ってアピールしたほうがいいんじゃねーの。

「笛、お好きなんですか？」

「ん、好き。喋るの、苦手。だから、笛」

ピロロ―ロロッロー―ヒポッ
海の沖のほうで鯨が海上に現れ、水を噴き上げ綺麗な虹が出来上がる。

「おおおおー」

「綺麗～」

砂浜で歓声が起きる。

「……剣のほうでアピールしたほうがいいのでは……」

「剣は、昨日、持った。重い。怖い」

当方屈強ファイターじゃねーのかよ。

「君、優しい。これ、吹いて、すぐ行く」

男はおもちゃ屋の袋に入った縦笛を俺に渡すと、笛を吹きながら街へ向かって歩き出した。

そして男の後に続く、動物たちの大行列。

もらった袋の中には、冒険者センターで配っている自己紹介カードが入っていて、それを見た俺は優しい笑顔になった。

「よかったな、お前は親の期待に応えたすごい男だよ」

彼の名前はハーメル。そう書かれていた。

「こっちでハーメルンの笛吹きが通じるか知らねーけどな」


愛犬の散歩も無事終え、宿屋ジゼリィ＝アゼリィに帰還する。おいしい昼食もいただき、午後のまったりとした時間を本を読み過ごす。

こういうちょっとした時間をどう有効的に使うかで、その後の人生が有意義なものになるかどうか決まるよな。

「あー、だらだらとネットが見てぇ」

どうだろう、分かってもらえただろうか。日本にいたとき、俺がどう過ごしていたかを。そう、全くの無意義である。

いつも当たり前のように見ていた情報が見れないってのは、かなりストレスが溜《た》まる。あーあ、いつもの巡回コースを見て回りてぇなぁ。

あの超大作ゲーム、開発どうなったのかなぁ。買っていた漫画と小説の続きも読みてぇなぁ。

「ねっと、ってなんですか？」

いきなり真横から声が聞こえて驚き見ると、宿の娘ロゼリィが紅茶をお盆に乗せて笑顔で立っていた。

食堂で本を読んでいた俺を見つけ、お茶を持って来てくれたようだ。

「な、なんでもない。ははは」

「あーもしかして、エッチなものでしょう。ラビコが言っていました。あなたは頭の中がエッチなことでいっぱいだって」

何を言っているんだあのキャベツ魔女は。自分の格好をよく見てから言え、と。

ロゼリィが静かに紅茶を俺の前に置き、定位置の俺の左側へ座る。

「そりゃーたまには考えるけど、いっつもじゃあないよ」

「ふぅん、じゃあたまに誰のことを考えるのですか？」

ぶっふ。最近のロゼリィは突っ込んで来るようになったなぁ。怒ったような顔で、じーっと俺の顔を見ている。さて、どう誤魔化したものか。

ピーヒュロロロロ〜ヒポッ
宿屋の外から笛の音が聞こえ出した。

「な、なんです？　笛？」

よしナイスだハーメル。ロゼリィが聞こえてくる不思議な笛の音に驚いて、俺から視線を外してくれたぞ。どうやら近くでハーメルによる動物大行進が行われているようだ。つかあれ、マジで金取れる見世物だぞ。

そして笛の音が聞こえるってことは、まだパーティー集まっていないのか。そうだな、今度動物系の仕事があったら誘ってみるか。

「さって、話題変えてと。今、本読んでいて思ったんだけど、この街に学校って無いのかな」

本来俺は高校一年生。学生で、学校に通っていた。

でもこの街の子供たちを見ていると、学校に通っている様子がまるでない。愛犬の散歩のついでにあちこち探索してみたが、この街に学校っぽい施設は見当たらなかった。

「学校、ですか。それは勉強をするところ、ですよね。それなら王都にありますよ」

ロゼリィが答えてくれたが、やはりこの街には学校が無いのか。

「王都には国を守る騎士や魔法使いになる為の学校があって、各地から優秀な人が集まり、日々切磋琢磨《せっさたくま》の厳しい修行が行われているとか。エリートが集まりますので、入学するだけでも厳しい道だそうです」

ほえー、どこの世界でも同じなんだなぁ。そういや俺のマントを運んで来てくれたリーガルは、その王都の騎士なんだっけか。エリートなのか、あいつ。

「お、なんだい社長～、王都に興味があるのかい～？　あっはは～」

イケメンボイス兄さんの本日のオススメデザートセット、ホイップパンケーキを笑顔で俺の右側に並べ出した水着魔女ラビコ。ふわっとしたホイップクリームが立体的に盛られ、見た目でもうおいしそう。

「にひひ～、あげないよ～。これは私の好物だからねぇ～」

どうやら俺は、余程物欲しそうな顔をしていたらしい。

「そういえば、ラビコはこの街に来る前は王都にいたんでしたっけ」

ロゼリィが紅茶の香りを楽しみながら、ラビコに聞いた。

王都の騎士リーガルが来たとき、ラビコには終始敬語だったしなぁ。もしかしてラビコって、こんなところにいるべき人物じゃあない、結構な権力者なのでは。

「だから言ったろ～、私は天をも操る大魔法使いだって～。王都には私専用の研究室があるぐらい好待遇なのさ～。いわゆる神さ、神。あっはは～、甘クリームおっいし～」

……王都にあるというその専用研究室とやらには、家庭菜園のキャベツがいっぱい並んでいるんだろうか。想像したら、面白い。

「俺も魔法使いたいから、王都にある学校行けないもんかね」

「無☆理」

ラビコが即答。ちょ、ちょっとは悩めよ。

「無理無理～。社長じゃ学費払えないって～、あっはは～。あと才能？　無☆し」

うわあああああ！　ひどくないか、今のひどくないか。

「王都の学校は～、可能性のある人を育てる場所じゃなくて～、もうすでに才能のある人を伸ばすところなのさ～。でも今度からは間口広げて、可能性ありそうな人も取る準備は進んでいるよ～。人材ってのはどこに眠っているか分からないからねぇ～。武器の扱いの上手な人、魔法の才能のある人ってのは、ほっといても集まってくんだけど～」

ラビコがニヤァっと俺を見る。

「戦闘系以外の才能ってのを見つけるのが大変なのさ～。ねぇ社長～？」

ラビコがニヤニヤ顔で俺を小突いてくる。

さっき宿の前を通過した、動物大行進の笛使いハーメルも、戦闘系じゃない結構な才能だと思うぞ。

「私～、ソルートンですっごい人をみつけちゃったんだよね～。なんとその人の元には～、不思議と才能強者が集まるのさ～。あっはは～」

なんだその便利君は。

「はい社長～、それがあなたなんです～。本人はクッソ弱いんだけど、うっはははは～」

なぁなぁ、さっきから俺、酷いこと言われていないかな？

……いや、いつもこんなもんか。ラビコ相手にいちいち怒っていたら、体力がもたない。

しかし王都には学校があるのかぁ。でも、学校に入るには難度の高い入試を突破出来る頭と、ヘビーな学費が払えるお金が必要と。

なんだか異世界だってのに、夢がねぇなぁ。

「金無し才能無し本人クッソ弱～。あっはは～」

ラビコがご機嫌に歌い上げる。

いやいや、これ、怒っていいよな？　さすがに怒ってもいいよな？　すげーリズムよく言われたけど、怒っていいよな？

「もうラビコ、あんまりからかっちゃだめですよ。大丈夫です。キャンプ場で私を助けようと行動したあなたの勇気は、私がちゃんと受け止めましたから」

宿の娘ロゼリィが優しく微笑んでくれた。おお、ラビコと違い、なんて良い子なんだ。

「強くなくたっていいんです。あなたの勇気や才能は宿屋で発揮すればいいんです。危険な冒険者なんてやめて、とある宿屋で婿としてやっていく道があなたには一番合っています。うふふ」

ん？　ロゼリィさん？　今、危険な笑いを感じたが。

「ちょっと～、勝手に私の社長を宿屋の跡継ぎにしないでもらえる～？　社長には～、もっと私の周りでウロウロしてもらって～、才能のある面白い人を引き寄せてもらうんだから～。こんなにいいエサ、滅多にいないんだし～。あっはは～」

ラビコさん？　エ、エサ？　俺エサなの？　なんか以前、俺には王の力がなんとかって言ってなかった？　エサに格下げなの？

「ちぇー、結局金と才能かぁ。どっちも持ってないわ。こりゃーさっさと定職就いたほうがよさそうかぁ」

異世界に来たからには、日本にいたんじゃ絶対出来ないことをやってみたかったけど、結局定職探しで終わりそう。はーあ。

「ではすぐに行動しましょう。お父さんに言って、あなたを正式に雇って貰えるようにしてきます。お給料はうち、高いですよ？　儲かっていますし！」

ロゼリィの宿屋かぁ。まぁここ、ご飯おいしいし、居心地いいしなぁ。それでもいいのかなぁ……。

「まぁまぁ社長～。それはいつでも出来るからぁ～、まずは今までの私のお給料を支払ってもらわないと～。え？　払えない？　あれれ～、それならしょうがないな～。借金を返すために私の奴隷になって～、未来永劫《えいごう》タダ働きだね～。あっはは～」

う、しまった。そういやラビコって、俺の部下なんだっけ。

総額いくらか知らんが、もうどうやったって払える額じゃねぇだろ。

「二人共待ってくれ、定職の話はもうちょっと考えさせてくれ。とりあえず俺はこの世界を巡ってみたいと思う。俺はこの世界のことを知らなさ過ぎるんだ。だから多くのものを見て、視野を広げたい。この歴史の本を読んでみたが、あまりに情報が少ない。俺はこの世界の全てのことが知りたいんだ。まずは情報を得て、動くならそれからだ」

せっかく異世界に来れたのだから、全部を見てみたい。だって普通に魔法とかある世界なんだぞ？　色々見てみたいだろ。どうせなら効率よく行きたいところなんだけど、攻略サイト無しとかキツ過ぎ。なんか良いまとめ本とかないの？

何か女性二人が目を丸くして俺を見ている。なんだ、変なこと言ったか？

「や、やっぱりあなたはすごいです！　料理のアイデア一つも他の人とは違うし、この地方には無い材料を平気で組み合わせておいしい物を作ったり。もう考え方がすごい、この港街ソルートンだけではなく、世界を相手にしようとしているんですね。すごいです……惚《ほ》れ直しました！」

ロゼリィがものすごい笑顔で抱きついてきた。

いや、世界を相手にしようとかじゃなくて、情報が欲しいんだ。異世界だぞ？　なんも知らずに、残機ゼロでの高難度ステージ攻略は無理でしょう。

「ふふ〜ん？　この本は世界の大まかな歴史が書かれたものだけど〜、一般人には十分な知識だと思うよ〜？　これ以上となると、それこそ王都の学校や他の国の学校、各地の専門家にでも学ばないと、手に入らない知識かな〜。なんだい、社長は世界の王にでもなるつもりなのかな〜？　ふふふ〜いいね〜、ちょっとゾクってきたよ〜。野心の強い男は好きさ〜、それともとびっきりデカイときたか〜」

ラビコが俺が読んでいた本をパラパラとめくり、ニヤァと魔女の笑顔。

「この本を読んで十分だ、じゃなくて〜、これじゃあ情報が少ないって発想がすごいね〜。世界のことを知りたい、か〜。自分がいるここが世界だ、っていう狭い視野じゃなくて、広い世界を見て、そこに自分がいるって発想だね〜」

「そうだなぁ、出来たら上から俯瞰で見たい。画面をたくさん並べて情報をいっぱい表示したい」

ゲームやるなら二画面以上が有利だし、上から視点のほうが周りが見える。

「あっはは〜。社長って時々変な言葉を使うな〜、でもそれ真理だねぇ。画面を並べる？　ようするに目で見て〜、焦点の合った物を一つだけ脳に伝えるんじゃなく〜、何個も同時に焦点を合わせて〜、それから全てを脳で認識し〜それぞれを追う。そしてそれらを上から見ているような広～い視野を持つのかい？　人間が目で追える物は二個の目でやっと一つだってのに～、社長の考え方って桁外れだよ～。あっはは～」

ラビコも俺に抱き付いて来た。ふごぅ、両方からの柔みは、俺が紳士を保てるメーターの針が吹き飛びそうです。

「面白いなぁ～、社長は面白いな～。今まで出会ったつまらない男たちとは全然違うなぁ～。ちょ～っとお金が無いのがあれだけど～、そこは私が稼いでいるし大丈夫さ～。あっはは～」

何が大丈夫なんだ。

とりあえず俺の将来の選択肢は、ご飯のおいしい宿屋の婿か、キャベツの大魔法使いの使いっぱ、の二択らしい。


翌日午前中、街の中心部にある冒険者センターの掲示板を見ながら俺は唸る。

「うーん、条件が厳しいなぁ」

世界を見て回ろうにも、まずはお金が多く必要。

才能無しの俺では、どうやったって短期間で集めるのは無理そうか。最悪ラビコに借りられないか……いやいや、甘えんな。自分でやれる手段を模索するべきだろ。

そして戦力の問題。

俺は無力。ロゼリィは……連れて行っていいのか分からんが、まぁ宿屋の受付さん。無力。

頼りになるのは水着魔女ラビコと愛犬ベス。こないだの蒸気モンスターとやらが出たら、この二人がいないとキツそうだしなぁ。パーティー強化の為の人員補給がしたいところだ。

相場を知るため、とりあえず掲示板で傭兵《ようへい》さんの値段調査。

「あ、これハーメルじゃん。まーだ当方屈強ファイターって書いているのか。いい加減、定期開催している動物パレードの主って書けばいいのに」

強そうな人はさすがに高いなぁ。まぁラビコほどではないがね。アイツ、吹っかけ過ぎだって。一日一万G、日本感覚百万円ってどんなだよ。掲示板を見る限り、ソルートンで一番高い人でも一日千Gぐらいだってのに。

「無理。払えねえわ」

落ち込みながら冒険者センターを出る。

何をするにも金金金金。どこの世界でもここは変わんねぇのな。


財布は軽いが足取りは重くトボトボと歩き、俺のホームである宿ジゼリィ＝アゼリィに帰還。

「はぁ……、ただいまー」

お昼ということもあって、今日も宿の食堂兼酒場は混んでいる。しかし本当に女性客が増えたな。もはや食堂、のイメージが酒場を上書きした感じか。

話題だから、の一回きりのお客さんじゃなくて、しっかりリピーターが多いのがイケメンボイス兄さんのデザート開発能力のすごさだよな。毎日違うデザートを、値段安めの日替わりセットで出しているのがウケたようだ。

カウンターから一番遠い、隅っこの席で大きな帽子を被った女の子がプルプル震えているのが見える。なんだありゃ。

「おいしい、なんですかこれ！　これが噂のジゼリィ＝アゼリィ。昔はただの酒場でしたのに……この変わりよう。一体何が……」

帽子の女の子が周囲をキョロキョロとサーチし始め、俺とバッチリ目が合う。あれ、あの子うどんの……。

「あーー！　見つけましたよ、オレンジ服！　あれから何度かうどん屋で待っていましたのに、全然来ないんですから！」

やっぱりうどんの子だ。

待っていた？　会う約束してたっけ？　覚えがないが。

「お、久しぶり。安くておいしい物、いっぱいあったろ」

相変わらず服、小物、靴と質の良さそうなものを身に着けているな。

「そうですわね、師匠の言葉は間違っていなかったですわ。この街ですら何店かありましたし」

師匠？

「ね、師匠。ここのデザートがすごいんですの。街で噂になっていましたから来てみたのですけど、見たことのないデザートがいっぱいあって、もう心がドキドキですわ！　値段も安くてこの独創性、一体どんな優秀なシェフを雇ったのかしら」

おおー、ベタ褒めだ。やりましたねイケボ兄さん。

「いや、料理人は変わっていないよ。メニューを変えただけかな」

「え？　でもここって酒場で、味の濃いぃ物とかで溢れていましたわよね？　急に路線変更したみたいなので、てっきりシェフを変えたものかと……」

俺はお弁当販売から、女性客開拓のためのデザート開発の流れを簡単に説明した。

「へぇーそういうことでしたの。酒場という印象が強かったもので、この変化には驚いたのですけど、まさか師匠がアドバイザーでしたとは」

「ほとんど料理人である兄さんの実力だよ。俺は少しアイデア出しただけ。毎日頑張って作り続けている兄さんには頭が上がらないよ」

実際、イケボ兄さんのデザート開発能力の高さにはびびる。俺は毎日驚いているし。

「師匠もここの常連なのですか？」

「まぁ、そうなるかな。というかここの客室に住んでいる」

安いアパートでも借りればいいんだろうけど、ここ居心地よくてなぁ。

「なるほど、では師匠に会いたくなったら、この宿屋さんに来ればいいのですね。よかった、やっと繋がりましたわ」

アンリーナだっけか。背が低いから子供かと思っていたけど、俺と同じか一個下ぐらいかね？

「では師匠、ごきげんよう」

アンリーナが色々メモを取り、笑顔で帰って行った。

「師匠ですって、ふふ」

「社長～、年下に手を出したか～」

背後に強者のオーラを放つ二匹の鬼が迫っていたことに気付いたのは、右肩左肩を強く同時につかまれた後だった。

つか、ロゼリィってこんなに握力強かったっけ？
異世界ってのは、分からないことばかりだぜ。

翌朝五時、俺は以前お世話になった、農園のオーナーさんのところを訪れていた。

「おはようございまーす」

「おーおー待っとったけぇ。よー来たのぅ」

ここの畑に来ると、自然と股間を守るように動いてしまうのはなぜなのか。
冒険者センターの掲示板にまたこの農園の依頼があったので、愛犬ベスと二人でやって来た。

「すまんのぅ、この老体だけじゃあ手に負えない状況でのぅ」

スラッとスリムなのだが、筋肉は多分俺よりありそうなおじいさん。
ベスが嬉しそうにおじいさんの足に絡み付く。ここで頂いたご飯おいしかったしなぁ、それを覚えているのだろう。

「イノシシがすごいんですか？」

掲示板には『求む、イノシシバスター』とだけ書いてあった。

前回も確かにイノシシはよく来て、ベスが追い払ってくれた。

「それが今回は群れで何度も襲って来てのぅ、サツマイモの被害がすごいんじゃ」

群れ、ですか。イノシシの集団はちと怖いな。あいつらものすごい勢いで真っ直ぐ突っ込んで来るし。

前はベスが爪から出る衝撃波を地面に当てて、巻き上げた土や小石を顔に当てて追い返していた。数匹だから出来たが、大量の群れで来られたら通じなそうだなぁ。

「ンヒィーーーー」

「来たでぇ、イノシシじゃ」

地鳴りのような音が響き、土煙がこちらに向かって近付いてくる。

うわ、これはすごい数だぞ。ベス一匹でどうにかなる数じゃねぇ。

「ンヒヒーーボフッ！　ボフッ！」

先頭を走っていた一番大きな体のイノシシが、いつもの畑と様子が違うことに気付いたようで足を止める。何匹いるんだあれ、百、二百……いや、それ以上か。

巨体イノシシが俺たちのほうを向き、ベスを確認すると方向を左に変え、トウモロコシ畑に向かって突進して行った。

「ボフッ！　ボフッ！」

収穫間近のトウモロコシをなぎ倒し、実を食い荒らし始める。

「こ、こりゃー確かに、一人じゃ手に負えないですね」

「んだ。数が多過ぎて、鍋打ち鳴らしても聞きゃーしなくてのぅ」

この数はベスでも厳しいかもしれんな。一対数百匹はちと分が悪い。

「さすがに無理かのぅ、サツマイモは今年、出来が良くてのぅ。おいしい物を皆に提供したかったんじゃが……」

サツマイモ、か。薄く切って油で揚げただけでもサツマイモチップでおいしいし、蒸かしただけでも美味い。ぜひうちのデザートの神たる料理人に渡して、おいしい物を作ってもらいたいぞ。

俺は今回、勝算があるからこそこの依頼を受けた。

肩を落とすオーナーに俺は笑顔で言う。

「大丈夫ですオーナー。あれだけの数のイノシシを、一匹も傷付けずに追い払う方法を俺は知っています」

「一匹も傷付けずに、そりゃーすごい。しかしどうやるんじゃ？」

俺は腰に差していた、一つのアイテムを取り出す。

それを見たオーナーが不思議な顔をしているが、大丈夫です。これこそ、あの偉大な男、動物大行進の主を呼び出すマジックアイテムなのです。

大きく息を吸い込み、優しくも力強く激しくそのアイテムに命を吹き込む。

ピュロロローロローヒポッ

さぁ来い、伝説の男よ。

「……」

「………」

「…………」

ピュロロロロローヒュロローヒポッ

返って来た！　街のほうから、残像を残しながら走る一人の男。

「な、なんじゃーありゃあ」

オーナーが驚きの声を上げる。

俺もあれを初めて見たのなら、同じ反応をしていただろう。だが今の俺には、勝ちをもたらす勝利の男にしか見えない。

「友よ、助けを、呼ぶ声が、聞こえた」

ハーメルが動物大行進を引き連れ現れる。犬、猫、猿、豚、牛、ヤギ、そして巨大なクマ。

クマの身長は見上げるほど高い。五メートルはありそう。

く、クマさんが大き過ぎないか。ハーメルがいなかったら俺、足ガックガクで座り込んじゃいそう。

「く、くく、熊……ひいっ」

オーナーが悲鳴を上げるが、多分大丈夫。大丈夫だよな？

「クマ、大丈夫、名前も付いてる、メロ子、メロンが大好き女子」

女子？　メスなのかメロ子。名前と違って迫力半端ねぇけど。

「ハーメル、来てくれてありがとう。この農園のオーナーが、イノシシに畑を荒らされて困っているんだ。イノシシを平和的に追い返すことは出来ないだろうか、友よ」

「出来る、友の願い、想いを笛に乗せる」

ハーメルが、キッと鋭い視線でトウモロコシ畑のイノシシを睨む。

クマのメロ子もずいっと首を動かし、他の動物たちもハーメルの見た方向を見る。なんという統率力……この友、すげぇわ。

ピュロロローロロローヒポッ
笛を吹きつつ、ハーメルが右足を一歩踏み出す。動物達も一歩、歩みを進める。

ピュロロッロロローヒポッ
さらに一歩。イノシシたちがザワつき始める。

一番大きなイノシシが、ハーメルたちと対峙《たいじ》するように体を向ける。

さすがリーダーっぽい奴。いきなりは逃げ出さないか。

ピヒューピヒュヒューロロローヒポッ
ハーメルの笛の雰囲気が変わった。

クマのメロ子が両腕を上げ、威嚇のポーズ。

周りの動物たちも静かに威嚇のポーズ。

これ、正面から見たらすごい迫力だろうな。俺多分、漏らしてる。

「ボヒッ、ボヒッ」

リーダーと思われるイノシシが一歩下がる。

ピュロローヒュリリリリリッヒポッ
どうやらハーメルの最終警告っぽい音が鳴り、集団のイノシシの後ろのほうの何匹かが逃げ出した。

それを感じ取ったリーダーイノシシが吼え、集団が山に向かって走りだす。

「すげぇ！　すげぇぞハーメル！　追い返したぞ！」

「ほっほっほ、これはすごいわい。ええ友達を持ったのぅ」

ハーメルが動物たちをねぎらい、俺のほうを向く。

「あいつらも必死、だったみたい、でも、ここは、だめだ、と伝えた」

うっそ。あれ、言葉を交わしていたのか。マジで奇跡の男だな、ハーメル。

任務完了、ハーメルとがっちりハイタッチ。

オーナーがお昼ごはんを用意してくれ、俺、ベス、ハーメル、動物たちが勝利の宴《うたげ》を楽しんだ。

ああ、俺とベスは何もしていない。ご飯がおいしいし、まぁ、いいだろう。クマのメロ子のメロンの食いっぷりがすごかったなぁ。報酬はハーメルと半分ずつにした。

ああ、もう一度言う。俺は何もしていない。なのに報酬を得た。

ああ、友達って人生で最高の宝だよな。


こうやっていただいた報酬は、すぐに宿屋代にブッ込む。また冒険者センターでお仕事を探し、報酬をブッ込む。


「暑いな……」

額《ひたい》の汗を拭い、毎日お仕事をこなし、宿屋と冒険者センターを往復する日々。

そんなある日、俺は今、季節が夏なんだと気付いた。せっかく異世界に来たってのに、お仕事ばかりで異世界を楽しむことを忘れていたのかもしれない。

明日はお休みにしよう。そう、休むんだ。

そして夏と言えば……あれだろう。


午前中で冒険者センターで得たお仕事、川に落とした指輪捜しを終え、宿に戻り昼食をいただく。

宿の娘ロゼリィが俺の左隣りに座り、一緒にご飯を食べ始める。俺は気付かれないように、彼女の体を舐めまわすように眺め、確信する。うん、やはり……ロゼリィのポテンシャルは最高だ。

やはり夏を満喫する、と言えばこれしかないだろう。

「水着、買おうかなぁ」

「え？　み、水着ですか？」

今俺が住んでいるソルートンの街は季節的にはまだ夏らしく、半袖一枚でも暑いぐらい。さっき訳あって川をパンツ一枚で泳いでいたが、水遊びには最適の気温だった。愛犬ベスなんて、はしゃいですごかったぞ。

せっかく異世界の夏だってぇのに、俺はなんら夏を楽しんでいないんだよ。キャンプはした、旅行もした、お魚さんと友達にもなった。

でもそれとこれは違うんだ、水着、そう水着のお姉さんをいっぱい見たいんだ。見ないと俺の異世界の夏は終われない。

「せめて海ぐらい行って、夏を感じたいんだ」

こないだ砂浜に行ったら、ハーメルに出会って、結局海を楽しめなかったしな。鯨は見たけど。

「み、水着は……その、体のラインが出るので……に、苦手です」

宿の娘ロゼリィがモジモジし始めた。

「ロゼリィは自分の魅力に気が付いていないんじゃないかな。自信を持っていいと思う、俺は……ロゼリィの水着姿が見たい」

あれ、遠回しに言って、言葉巧みにうまい感じに丸め込んでロゼリィに水着を着てもらおうとしたのだが、欲に負けて直球で言ってしまった。

言ってしまったのならもう言い訳はしない。ああ、ぜひ見たいね。

ロゼリィはかなりのものをお持ちなので、見れるときに見ておきたい。夏過ぎたらチャンスが無くなるし。

俺が真っすぐな気持ちで見つめたら、なぜかロゼリィが顔を赤くして下を向いてしまった。

あれ、まずったか。

「あっはは～、社長は欲にストレートだなぁ～。本当に見たいんだなぁ～ってのがビリビリ伝わってくるよ～」

水着魔女ラビコがなにやら雑誌片手に現れ、夏の海特集ページを広げ、俺に見せてくる。

へぇ、異世界にもやはり有名リゾート地なんてものがあるのか。

「雑誌に紹介されているような場所には行けないが、このソルートンの海も十分綺麗だし、俺は行く」

俺の決意は固い。キッと迷いのない男の視線をラビコに向ける。

「あっはは～。そういう目は、違う場面で欲を抑えめに、ちゃんとした口説き文句を添えて使うと効果的だと思うよ～。ん～そうだな～、行けるのなら王都ペルセフォスの南にあるリゾート地、ティービーチのカエルラスター島なんかに行きたいけどね～」

ああ、今雑誌で見たところだな。人気ナンバーワンの海か。

ここからだと旅費だけでお一人様千G、十万円とか掛かるのか、無理。

「パーティーのリーダーとして指示をする。明日ソルートンの砂浜に行くので、ワクワクしておくように！」

いつから俺はリーダーになったのか自覚はないが、とりあえず権限みたいのを行使してみた。

「わ、分かりました！　よ、用意します！」

「あっはは～。別にいいけど～、天気の具合が……いやなんでもないよ～。了解社長～」

ウソリーダーのはったりが通じたので、俺は笑顔で水着を買いに走った。


「何か鬼気迫る雰囲気でした……」

「あはは～。社長は疲れとかアレとか溜まっているんだろうね～。私たちでどうにか出来る問題だし～、一肌脱ぎますか～」


俺は水着を求め、商店へ。

どれでもいいのだが……おや、お店の端っこのほうにソゴンがある。

「ああ、処分品ってやつか。黄色に緑、まぁ売れ残りそうなデザイン……う、これは……」

ワゴンの奥のほうにさらに不人気で売れ残ったと思われる、ついているタグのヘタレ具合からして、数年前のモデルが出てきた。

はっきり言って見た目はあれだ。しかし俺はこれを買わなくてはいけないような衝動に駆られる。

「ありがとうございましたー」

「いい買い物をした」

買ったのは特に何の装飾もない、オレンジのハーフパンツタイプの水着。

どうやら俺は異世界に来て、知らず知らずオレンジはいい物だと思い始めているようだ。

次の日早朝五時。俺は休みの日なのに早起きをした。

そう、イケメンボイス兄さんに手伝ってもらいつつ、ベス含む四人分のお弁当を作るためだ。

おにぎりに少し味付け強めの焼きそば、厚焼き玉子に野菜炒め。デザートは兄さんが差し入れだよと、アップルパイを焼いてくれた。飲み物は紅茶にレモンの薄切りを浮かべ、完成。大きめのカバンにお弁当を詰め、氷袋を上にかぶせる。バスタオルを宿から数枚借り、あとは現地の海の家で借りることにする。奮発してビーチパラソルを予約しておいたんだ。

ロゼリィ、ラビコが集合し愛犬ベスを引き連れいざ、夏の海へ！

「あはは～、こりゃあすごいことになってますな～」

「そ、そうですね……水着でよかったです」

借りたビーチパラソルを砂浜に突き刺し、場所を確保。混んでいて端っこしか場所が無かったら嫌だなぁと思っていたが、海近くのいい場所が取れた。

水着魔女ラビコはいつもの紫系の露出多め水着、宿の娘ロゼリィは水色のフリルの付いたかわいい系水着。もう容量限界まで連射で写真を撮りたいレベル。

日焼けは女性の天敵らしく、ロゼリィとラビコはビーチパラソルの下に体を寄せ合うようにしている。愛犬ベスが元気に砂浜を走り回っているなぁ。混雑した砂浜で走り回るのは迷惑行為なので、止めるべきなのだろうが、今日は、うん、いいんじゃないかな。

……残念ながら今日は水着の女性客はいない、ちと期待外れだった。というか水着の男もいない。うん、誰もいないな。

ははは、砂浜貸し切りとか、俺の財力で出来るとは思っていなかったぞ。

「ビーチパラソル一本、十Gで砂浜を独占か。ちょっとすごいよな」

「社長～。ほら～、パラソルに入って～」

水着魔女ラビコが、ビーチパラソルの前でずぶ濡れ棒立ちになっていた俺をぐいぐい引っ張る。

ザザザザザザザザザン！

砂浜を激しく叩く水音。

向こうに見える黒い波の音を表現するなら、ドパァァアアアンドドドドド！　ズロロローン！　だろうか。つか近寄りたくない。

「お弁当濡れちゃったけど～、社長の手作りだしいただこっか～」

「そ、そうですね！　お弁当手作りとか感激しました！　いただきます！」

二人が俺が作ったお弁当を開け、食べ始めた。

「ちょっと雨水で水分が多くてあれですけど〜、さすが社長〜、濃い目の味付けでちょうどいい感じになってるね〜」

ああ、疲れた時は濃い目がおいしいからな。そう味付けた。

「す、少し冷えますね……」

宿の娘ロゼリィが俺に体をくっつけてきた。

「あ〜、それいいね〜。私も〜、そぉれ〜」

ラビコも楽しそうに俺に体をくっつけてきた。

水着の女性二人に両サイドから体を密着され、これぞ夏のイベント発生で本来大喜びするところなのだが……。

ザザザザザザザン
ああ、これ雨の音な。黒い雲、吹き荒れる風、滝のように降る雨。誰もいないビーチに一本だけ立つカラフルなパラソル。へぇ、ビーチパラソルって、でかいから雨除けに最適なんだな。

「いやぁ〜、見事に嵐ですな〜。せっかく美女二人の体にオイルを目隠しで塗ってみようイベントとか〜、ビーチボール遊びでポロリもあるかもねイベントとかを〜、考えていたのですが〜。また来年かね〜。あっはは〜」

ラビコが俺の頭を撫でながら、本日開催予定だったビッグイベントを教えてくれた。
マ、マジかよ、そんなおいしいイベントがある予定だったのかよ。
くそが、天はなぜ俺に味方をしない……！　こんなスタイルの良い美女二人のポロリを見たくないのかよ！　晴れろよ、そうすればお前も見れるんだぞぉ！

「あ、あなたの疲れが溜まっているとのことなので、私も一肌脱ぐ決心をしてきたのですが、残念です……」

ロ、ロゼリィ、が、脱ぐ。ぜひ、見たかった……。

結局ご飯だけ食べて、すぐ撤収。

次の日、なぜか俺一人体調を崩し寝込んだ。

けどまぁロゼリィとラビコ、二人の女性の水着姿を間近で見れたので、よし。

それを細部まで思い返し、来年のポロリを想像してベッドでニヤニヤとしていたら、ロゼリィに頭の熱を心配されましたとさ。俺の夏、おしまい。

第６章　空飛ぶ車輪の姫様と宿の新戦力アルバイト五人娘様

その日の港街ソルートンは、朝から分厚く黒い雲が空を覆い、時折り激しく雷が鳴る。そんな日だった。

「雪……」

朝、俺は宿屋の客室窓からの景色を見て驚いた。外が白いのだ。

慌てて二階から一階に降り、外に飛び出る。

「うはー！　雪だ雪！　寒くもないのに雪だ！」

普通雪は気温が三度を下回ると雨が雪へと変わり、地上に降ってくる。なので日本にいるときは天気予報を見て、最低気温が三度を下回っていると寒さと雪を覚悟したものだ。

「暖かいのに雪とかなんか気持ち悪いけど、白銀の世界だ！」

今の気温、十五度は下回っていないはず。

それなのに雪が降り積もり、周囲は白銀の世界になっていた。さすが異世界、俺の常識が通用しないぜ。この気温で溶けない雪とかすごいな、これぞ異世界！

「雪ですねー。たまにこういう変な雪が降るんですよ。年に一回あるかないかぐらいですけど」

宿の娘ロゼリィが受付から出てきて、俺の横に並び傘をさしてくれた。

「俺はこの地域に長く住んでいないから知らないけれど、ソルートン付近の雪って……溶けないものなの？」

溶けない雪とか、もしかしたら異世界では当たり前なのかな。

「いいえ、冬の寒い日には、普通に冷たい雪が降りますよ。こういう溶けない雪は珍しいですね」

なんだ、ロゼリィからしても、この雪はおかしいものなのか。

気になって手で触ってみると、さすがに体温では雪が溶けていく。変な雪だな。

「…………ん」

雷が時折りがゴロゴロと鳴っていて耳に響くのだが、なんというか不自然に鳴るものなんだな。連続で鳴ったり、風切り音みたいな音が聞こえたり。

黒い雲、不自然に鳴り光る雷、溶けない雪、変な天気だな。

せっかく雪なので、俺は愛犬ベスを連れ散歩へと出かける。辺り一面白銀の世界、雪景色が楽しいらしく、ベスが嬉しそうに走り回っている。

「ベスー、あんまはしゃぐなよー」

宿屋で傘を借り、寒くもないのに雪という、ちょっと不思議な空間を歩く。

いいねぇ、なんか異世界に来ていると実感する。

街の人の反応を見てみると、みんな雪かきに追われ大変そうにしている。馬車が動けなくなっていたりと、ちょっと被害が出るのは綺麗ごとではないか。

「あれ、あの鎧……」

街中に普段見かけない、馬に乗った人を多く見かける。

白系の鎧や服を纏い、武器を携帯している。なんとなく見覚えがあるなと思ったが、以前俺のマントを届けてくれた隠密騎士、リーガルが着用していた装備にカラーリングが似ているな。ってことはこの国の騎士ってことか。結構な人数が街中に配置されているっぽいが、何か事件でもあったのか？

愛犬ベスが空を見上げ、じーっと動かなくなる。

「どうした、ベス。あ、やっぱ雷怖いのか」

無敵のベスとはいえ、やはり雷は怖いのか。俺は笑顔でベス抱え上げ、頬ずりをする。こうするとベスは安心するんだ。

「ベスッ！」

ベスが空から視線を外さず、警戒の咆哮。

「どうした、ベス。雷でも落ちるのか？」

俺は姿勢を低くし、気休めの雷対策をする。音が鳴ったので見上げると、黒い雲を貫通していく流れ星が見えた。

「え、流れ星ってかい。なんとも異世界っていうのは……もう、なんでもありなんだな」

遥か上空の黒雲から、白い光がかなりの速度で移動し、消える。

それが数回続き、今度は白い飛行機雲みたいなものが黒い雲から飛び出し、消える。

「飛行機雲……？　この世界に飛行機ってあるのか？」

このあいだ歴史の本みたいなのを読んだが、この世界の文化はそこまで進んでいるとは思えない。

「また光った、かなり激しい……」

黒い雲の中で光が発生し、ドォンと今まで一番大きな雷が鳴る。

うひぃ、怖ぇぇな。

「ベスッ！」

ベスが悲痛の叫び。これはおかしいぞ。

「どうしたベス！」

上空の光からまた何かが飛び出し、街の近くの大きな山に向かっていく。

途中で消えない。ずっと光を発しながら、山に向かって真っ直ぐ落ちていく。

「あれ……人……？」

俺の目はそこまで視力はよくないのだが、一瞬、落ちていく物の形が見え、それは人のように見えた。

見間違いか、見たとおりか。空から人ってかい。

空に浮く、天空の城でもあるってのか？　馬鹿馬鹿しいありえね……。

いや、ここは異世界。ぜひあって欲しい。そういうものがあってくれないと、俺はここを異世界とは認めない。

「行くぞベス！　雪山登山だ！」

「ベスッ！」

俺とベスは合点承知と山へ向かって走り出した。

雪が降り続く街道を走り、街の外へ。

「つ、疲れた……」

転ばないように雪道を走るのは、バランスを保つのに神経を使うので、かなりの疲労になる。

街の外に出るだけで息が上がるぞ、これ。

ベスに励ましてもらいながら、俺は頑張って走る。

「お次は山道か」

街を抜け、山の麓に到着した。

高さは地元にあった山の高さに似ているので、おそらく五百メートルぐらいだろうか。その中腹あたりに煙が上がっている。俺の足だと三十分ぐらいか、中腹までだと。雪道だからきついが。

時折り空を何かが飛んで行き、爆発が起きる。煙で周りに靄がかかったような状態になり、自分の周囲ぐらいしか見えず、視界がかなり厳しい。

「爆発音の振動で雪崩《なだれ》とか勘弁してくれよ」

「ベスッ！」

ベスが俺に警戒を知らせるように吠える。どうやら街で見えた、何かが落ちた辺りに近付いたようだ。

ものすごい靄。煙と雪でさらに視界が悪い。木がなぎ倒され、まるで隕石《いんせき》が落ちたかのように、地面が削られた跡がある。

「よく見えねぇ……」

何かが落ちたと思われる場所に近付くほど、靄が濃くなる。

「……ちっ、また追手か！　斬《ざん》風撃！」

掠《かす》れた声が聞こえたと思ったら、周囲の空気が震えだし、前方の靄の中から緑色に光る塊が飛び出してきた。

緑色の光は大木に当たるが、貫通。真っ直ぐ、ものすごい速度で俺に向かって飛んでくる。

な、なんだこれ、魔法……か？

「ベスッ！」

俺の危機を感じたベスが強く咆哮する。

体から青い光を発生させ、それを纏う。青い光がベスの額部分に集まり、まるで盾のような形状に変化。緑の光に向かって頭突きをかました。

緑の光の塊と盾を纏ったベスが激突。金属を擦ったような鈍い音が響き、緑の光がベスの青い盾に弾《はじ》かれ、俺の左後方で爆発が起きる。木がメキメキと、悲鳴を上げ倒れていく。いきなり攻撃されたぞ、こっわ……。

「この至近距離で防ぐ……か……！」

撃ってきた主が呻《うめ》いた。やばい、追撃がきそうだぞ。

「ち、違います！　下の街から来た者です！　ケガをしているんですか？」

とりあえず、救助だと分かるような発言をしてみた。

「……この視界が極端に狭まる濃い靄の中、短時間で救助に来れる一般人がいるわけがない……！　ちぃ、私の攻撃を簡単に防ぎ、惑わすように喋るタイプ……銀の妖狐《ようこ》か！」

銀……誰？　おいおい、全く誤解が解けていないぞ？　なんか余計に怒ったような口調になっているし。

靄の中から人が飛び出してきて、長い槍《やり》を突き出してくる。

「我が名はサーズ＝ペルセフォス、手負いとはいえ、貴様は刺し違えてでも……友の仇《かたき》……！」

飛び出してきたのは、何か浮いている物に乗った、ケガをしている女性。壊れた馬車の車輪を縦ではなく平べったい状態にし、放射状のスポーク部分に足を乗せ、槍を構え特攻してきた。

「空飛ぶ車輪……？　うわわ！」

車輪を空飛ぶ乗り物のように自在に扱い、女性が俺に槍を突き出す。

「ベッス！」

　ベスが牙を剥き、その突き出された槍に噛み付く。青く輝く光が溢れ、牙が槍の刃を貫き噛み砕く。ちょ、マジかよベス……。あれだけ高速で飛んで来て突き出された槍先を、ピンポイントで噛み砕けるとか……。いや、助けてくれてありがとう、だけども。

　槍の先端の刃が砕け散り、女性は驚いた顔をする。

「い、犬……だと？」

　俺もそっちの立場だったら、同じ顔、同じ反応をしていたと思う。

　悪いな、うちの愛犬は無敵なんだ。

「戻れベス！　それ以上はダメだ！　あなたも落ち着いて！　俺は本当に下の街、ソルートンの住民だ！」

　正当防衛はここまで。俺の声に反応した愛犬ベスが、さっと転進して戻って来る。女性のほうを向き、警戒の姿勢は解いていないが。

　女性は砕けた槍を握り、車輪に乗ったままフワッと上空に留まり、キッと鋭い視線を下にいる俺たちに向けてきた。

「犬に、男……」

　表情こそ平然としているが、その負った傷の深さは相当のものと思われる。あの高さから落ちて、今こうして動けていることがすごいぐらいだ。

「……！」

　周囲が急に暗くなり、車輪に乗り浮いている女性の遥か上空から、巨大な何かが迫って来る。

でかい……！　このあいだキャンプ場で襲ってきたアーレッドドラゴン、あれ以上の大きさの、紅く巨大な鮫。大口を開け、ギョアア、と叫び声のような不快な鳴き声を発しつつ、俺たちとその周囲を丸ごと呑み込もうと突進してくる。

「空飛ぶ赤い鮫……？」

なんだあれ……！　あんな巨体がどうやって浮いているんだ。その大きな口から多量の蒸気を吐き、手負いなのか、体のあちこちにある傷からも蒸気を噴き出している。

俺が驚いていると、女性は車輪を急降下させ、俺とベスを拾い空へと舞い上がる。

「うわわわわ！　と、飛んでる……！」

自分が空に浮いている状態に驚きつつも下を見ると、巨大な鮫は大口を開いたまま地面に激突する。さっき俺たちがいた地面に噛み付き、それでも足りないらしく、さらに地面を食い進んでいく。

上から見るとその大きさがよく分かるが、鮫の全長は百メートルを余裕で超えている。まるで大きな船みたいな感じ。山の形が変わるぞ、これ。

「た、助かったよ……。ありがとう」

この女性が拾い上げてくれなかったら、今頃どうなっていたか……。俺は助けてくれた女性にお礼を言う。

「……はぁっ……はぁっ……こ、ここまでか、無念……」

だが女性は俺の言葉を聞く余裕もないらしく、悔しそうな言葉を漏らし、力なく崩れ落ちる。

俺は慌てて抱き支えるが、近くで見ると、着ている白い軽鎧《けいがい》もかなり破損し、その体に負っている傷の多さが生々しく分かる。

気絶する寸前まで戦っていたのかよ……。

浮いていた車輪がゆっくり降下していく。主の指示が無くなり、待機モードってやつか。いきなり落下しなくて助かった。

無事地面に降り立ち、女性を車輪の上に寝かせてあげる。

「ベスッ！」

愛犬ベスが上空に向かって吼えた。前足で引っかく動作をし、かまいたちみたいなのを発生させ、真上に放つ。

それが見事に襲撃してきた鮫に命中。上空で爆発が起き、蒸気が噴き上がる。数匹の空飛ぶ鮫の群れが、その爆発を見て方向を変えていく。

さっきの大型のよりはかなり小さいが、それでも五メートル以上はあるだろうか。

「やるぞ、ベス。空から降ってきたこの女の人を助けたら、絶対天空のなんたら剣とか貰えるイベントな気がするし。異世界に来たからには、空に浮かぶ城の一つや二つあるだろ！　いや、あってくれ！」

俺の熱のこもった演説にベスも頷《うなず》いてくれた気がするので、戦闘開始といくか。

さっきの船みたいにでっかい奴はいない。上空にいるのは小型タイプのみ。こいつ等はベスの攻撃で倒せていたし、多分いけるだろ。

「いいかベス、俺が右手で指した方向に、撃て、と言ったらさっきの前足の攻撃を出すんだ」

小型のは動きが速く、数が多いので散発で撃っても効果は薄い。一匹ずつ倒すのではなく、なるべく多く巻き込むように撃って効率を上げる。

俺たちの上空に小型の鮫が集まって、攻撃するタイミングをうかがっているようだ。その動きを見ていると、数匹が群れになり、先頭の個体の動きに後続が合わせるように8の字で周回している。そういう習性か。

「なら、余計に当てやすい。いくぞ、ベス」

「ベッス！」

俺はベスの頭を撫で、一番近い鮫の群れに右手を向けた。狙うは先頭のちょっと後ろあたり。ベスのかまいたちが飛んで行く速度も考えて、こんなもんか。ベスが俺の右手の動きを見て、指示を待っている。

そう、もう少し……せーのっ……！

「撃て！」

狙ったのは、8の字の真ん中に来たタイミング。

あいつ等の周回スピードは覚えた。群れの数はだいたい五～十。一撃か二撃目で落とせる。

ベスが勢い良く前足を振り、かまいたちが発生。俺が狙った場所に見事に命中。

「どうだ！」

狙った一団の群れの数は五匹だったが、蒸気が周囲に噴出し、全て蒸発。

よし、いける！　五匹なら一撃、それ以上なら二発で計算だ。

「ベス、右から落としていくぞ！　撃て！」

「ベスッ！」

倒れて動けない女性を守り、固定砲台のごとくベス砲発射。

近寄って来る群れを次々に蒸発させていく。十、二十……五十、八十……百。くそ……こいつ等何匹いるんだ。

倒しても倒しても、次々と襲ってくる紅い鮫。

先が見えない戦いは、精神が切れたらアウトだ。気張るぞ、ベスもまだ大丈夫。

だが次の一手も考えろ……どうにかこの状況を打破しないと。

「……ぅ……く。はぁっ、はぁっ……貴様等……」

女性が重い動きで体を起こした。よかった、気を取り戻したようだ。

「……そうか……すまない。私を守ってくれていたのか。はぁっ、はぁっ、ぐぅ」

すぐに周囲に視線を巡らせ、女性は現状を理解してくれた。しかし傷が痛むらしく、顔を歪《ゆが》ませる。

「辛いだろうが動いてくれ。そうだ、さっきの車輪はもう使えないのか？　ここにいたんじゃジリ貧だ」

ベスに指示を出しながら、さっきの空飛ぶ車輪を指した。

「はぁっ……はぁっ、だいぶ壊れてしまったが、飛ぶぐらいならいける。上で皆がまだ戦っているはずだ、そこまで行ければ……」

上？　上ってどこだよ。

背後から地鳴り、そして激しい揺れがきた。まるで地面を削り進んでいるような音。

「これは……」

「くっ！　特異型だ！　さっきの巨大な奴がまた来るぞ！　乗れ！」

靄の向こうから聞こえてくる破壊音。

木を砕き、地面をえぐり削りながら突き進んで来る轟音が近付く。俺は慌ててベスを抱え、女性の操る車輪に乗った。

「うわわっわわ！」

目の前に巨大な口が現れ、ものすごい蒸気を出し巨大鮫が地面を削りながら突進して来た。間一髪、俺たちを乗せた車輪が宙を舞い、巨大鮫の上空に退避する。

「こ、怖っ！　なんだよあれ！」

「ベルメシャークというやつだ。動く物、体温のある物を見ると襲ってくる化け物。過去にいくつもの村と住民を喰い尽くされている。普段は海の遥か向こうの雲の中から出てこないのだが、とある時期になると降りてきて人や動物を襲う。いつもはなんとか海の上で撃退出来ていたのだが、今年は特異型の数が多くて街の上空まで攻め込まれて……くそ！」

村一つ食い尽くしたってかい。なんておっかねぇんだよ。

小型の鮫が右から突進してきた。

「ベス！　撃て！」

ベスが前足を振り、かまいたちで群れごと撃破。くそ、キリがねぇ。

巨大な奴は大きな岩にぶつかり、今は止まっている。

「ほう、いい指示だ。お前たち何者か。私の攻撃を簡単に防ぎ、ベルメシャークを易々と撃破する。そんな無名な街の住民など聞いたことがないぞ」

今は状況打破が優先だ。

俺は質問には答えず、思い付き作戦を伝える。

「…………なるほど。了解した。君はいい軍師になれる」

一匹ずつじゃだめ、群れごとでも、どこからか無限に湧いてきて効果無し。ならば、もっと大量に巻き込むのみ。

こっちは愛犬ベス頼みで、そのベスだって体力にも限界がある。さっさと決着を付けないと、俺たちが危険な状態になる。

大型のが動かないうちに、小型の雑魚だけでもどうにかしたい。

「あなたの、この飛ぶ車輪があるから出来る作戦です。頼りにしていますよ！」

「ふむ、いいだろう。強くて知恵と実行力のある男は好みだ」

強いのは俺ではなく、うちの愛犬のほうです。

「いくぞ、つかまっていろ！」

車輪が速度を上げ、小型の鮫が埋め尽くす上空を駆け抜ける。

「ベス、シールドだ！」

数匹の群れが突進してきたが、ベスの額から出るシールドで弾き、なるべく大きく円を描くように飛ぶ。

「追って来てます。このままこの辺にいる、全ての鮫を引き付けて周回軌道に乗せて下さい！」

こいつ等は動く物、体温のある物を追う。群れで行動し、先頭の個体に続くように動き、8の字の周回軌道を描《えが》く。

「……もう少し速度を落として下さい！　もっと引き付けて、あいつ等と同じ速度で飛んで下さい！」

何個かの群れが付いてこれず、自由に動いてしまっている。

あれでは、あっちの動きに付いて行く群れが出てきてしまう。

「ははっ……この状況で速度を落とせと言うか。素晴らしい指示だ、いいぞ、尻を噛まれる覚悟はあるんだな？」

俺の進言に女性が苦笑いをするが、この人、この飛ぶ車輪の操作に相当慣れているんだよな。

俺なんかでは計り知れない、長い期間その技術の研鑽を重ね続け身に付けた実力者だ。

「大丈夫、あなたの操縦技術なら出来ます。数センチ前にいればいいんです！」

全ての群れをこの動きのループに入れるんだ。じゃないと意味が無い。

こんな空飛ぶ車輪とか初めて見たが、じゅうぶんあいつらを振り切れる速度もあるし、なによりこの女性の俺の指示を瞬時に理解して動かす操縦技術の高さがあればいけるはずだ。

「いいだろう、少し速度を落とす！　私はもう背筋がゾクゾクしているぞ……！」

車輪の速度が少し落とされ、数センチ後ろに鮫たちが牙をガチガチとしている状況。ちょっとでもミスったら、後ろに続く数千匹はいるであろう鮫たちに骨も残らず食われてしまうだろう。

「…………来た！　全部来ました！　軌道変化！　８の字です！」

「ははっ、了解だ！　とんでもなく精神が削られるぞ、お前の作戦は！」

車輪の飛ぶ軌道を円から８の字に変化させる。

「大丈夫、うまく習性を利用出来ました。真ん中の交点は少し上にずらして鮫同士がぶつからないように、空中交差にして下さい！」

よし、うまく８の字軌道に変化させることが出来た。

いくぞベス、ここからはお前の出番だ。

「……行きますよ。次の交点で真上に、最大速度で飛び上がって下さい！」

「分かった、しっかり掴まれ！」

８の字軌道は必ず真ん中の交点を通る。

全ての鮫をこの軌道に乗せ、真ん中を一点攻撃。ここまでは上手くいっているが、即席作戦では、そろそろボロが出始めるころだろうか。いやいや、変なことを考えるな、上手くいってくれ！

「交点だ！　行くぞ……高度を上げる！」

女性の掛け声と共に、ものすごい重力が体に圧《の》し掛かる。

こ、これはキツイ。俺たちは8の字の交点で真上に急上昇。追う対象を見失った鮫はその習性からか、しばらくその軌道を保っている。

「ベス、思いっきり行け！　撃てぇぇ！」

上にいることに気が付いた群れが、真ん中の交点から上昇し始める。後続もそのルートに続き、全ての鮫が一列に俺たちに向かってくる。

ベス固定砲台、連射。次々と鮫たちが蒸発していく。

「撃て！　撃てぇ！」

しかし、さすがに向こうは数の暴力。前の鮫が蒸発しようと、構わずどんどん突き進んで来る。

ベスのかまいたちでは、一撃で十〜二十匹の貫通が精一杯。

鮫が密集しているから、巻き添えで撃ち落とす数はさっきより増えたが……。

しかし向こうは数千匹、蒸発していく煙がどんどん俺たちに近付いて来る。

まじぃ、さすがに数が多過ぎたか……？

「撃てぇ！　くそ！」

もはや数メートル先まで迫られた、ベスの疲労も見えてきた。

ここまでか……。

「よく持ちこたえた、褒めてやろう！　あはははは！　最高じゃないか、お膳立ても済んでいるときた！」

どこからか、聞きなれた声がする。

上空に七つの光が生まれ、一筋に収束した光が鮫たちを照らす。

「天をも操る大魔法使い、ラビコ様とは私のことだ！　喰らえよ鮫ども……ウラノスイス～……ベル！」

周囲がカッと明るくなり、ビームのような光の束が七本、目の前の鮫たちの列に突き刺さる。光は次々と鮫たちの列を貫通。耐えきれず蒸発していく鮫たち。

噴き上がる蒸気が、一直線の雲のようになっていく。

た、助かった。水着魔女ラビコが助けに来てくれたようだ。

「この固有魔法……ラビィコールか？　あの気まぐれ魔法使い、まだこんな所にいたのか！」

女性が軽く舌打ちをした。どうにもラビコを知っている雰囲気。気まぐれ魔法使いか、うん、それ、合っていると思う。

「あっはははは！　あ～気持ち～、一撃粉砕！　数千匹を一発で蒸発させるのって漏れちゃいそう……」

紫の光を体から発し、俺たちの背後に現れたのは、うっとり顔の水着魔女ラビコ。ラビコってキャベツ状態だと、自在に空を飛べるんだっけか。

「よ～、これはこれは、変態お姫様。こんな田舎まで直々においでとは。こないだから空の様子がおかしいと思ったら、鮫退治か。しかも苦戦したあげくお姫様が撃ち落とされるとは、情けないですなぁ」

ラビコが嫌味な顔で笑い、煽《あお》るように言う。ちょっ……この人お姫様なの？　確かに服はいい物着てるし、上品な顔立ちだけど。

「ちっ。ふん、王都に戻って来ないと思ったら、まだソルートンにいたのか。国管理の魔晶アイテムを勝手に持ち出すわ、うちのアーリーガルを私用で使ったあげく高価な剣を砕くわ、呼び出しには応じないわ、どういうつもりか。お前はうちで雇っているんだぞ、それを忘れたわけではないだろうな、ラビィコール」

お姫様がラビコの煽りに舌打ちをし、不機嫌そうに言い返してくる。

あ……リーガルの……剣。やばい、それうちの愛犬の仕業です。

あとその持ち出したなんたらアイテム、俺の背中にあります……。

なんかこの二人、仲悪そうだぞ。

俺は車輪の端っこに肩身狭く、体育座りでベスを抱える。結構高いところに浮いてて怖いなー。鮫倒したんなら、早く地上に降りたいなー……。

「忘れてはいないさ〜。その証拠にホラ、ちゃんと国内にいるだろぉ？　あっははは！　装備だってあれは元々私たちの物だ。いっときの間、お前等に貸していただけさ、そうだろう？　撃ち落とされた変態お姫様？　あっははははは！」

煽るなぁ、ラビコ。お互いよく知った仲だから言えるんだろうけど。

「ちっ……！」

お姫様が怒りの舌打ち。

……お姫様ってぐらいなんだから、普段はおしとやかで優しい表情なんだろう。

今だけ特別、虫の居所が悪いんだ。そう思うことにしよう。俺のファンタジーお姫様のイメージが崩れるし。

しかしお姫様、ケガでの体の負担がそろそろきつそうだ。

「ラビコ、助けに来てくれてありがとう。でもお姫様もケガを負っているんだ、戦闘状態を早く終わらせて、休ませてあげたい」

俺はベスを抱え、すっと立ち上がり言った。

「……ちぇっ、いいとこだったのに。へいへい、この辺にしておきますよ」

ラビコが子供のように、不満そうにほっぺをふくらましながら答えた。

そのやりとりを見たお姫様が目を丸くして、俺とラビコ、交互に視線を送る。

「ほう？　これは面白い。ラビィコールが人の言うことを素直に聞くとは……なんだ少年、あの女の弱みでも握っているのか？　それならばぜひ教えろ。それぐらいないと、あいつは言うこと聞かないのでな」

お姫様が俺に顔を近付けてニッコリ笑う。

うっひ、この狭い車輪の上じゃ逃げ場がないのでお止め下さいって。あと弱み握られているのは逆で、俺のほうですわ。一日一万Gずつ増える借金があるし。

「おい、そいつに近付くな！　人の男誘惑してんじゃねーぞ！　この変態女！」

「男？　お前が男？　ふん、それは面白い冗談だ！　お前のような気まぐれで我が儘《まま》で料理も出来ないような女が男とか笑わせる！」

二人がブチ切れで真正面から言い合う。こわいこわい……。

そういやラビコが料理しているところ見たことないな。出来なかったのか。

あと俺はラビコの男ではない、はず。

「うるせーぞ箱入りが！　お前だって出来ねぇじゃねーか！」

「出来ないのではない！　する必要がなかっただけだ！　それに最近はシェフに料理を習っているところだ！」

なんか聞くに堪えない罵《のの》り合いが……。

俺が溜息を吐きつつ、ふと下を見ると、さっきの百メートル超えの巨大鮫が、地面を食い飽きたのか俺たちに目標を定め突進してきた。

「やばい……！　さっきのでかいのが……！」

「「うるさい！！！！」」

二人が叫び、下の巨大鮫に向かってラビコは雷魔法を、お姫様は手の平から風の塊みたいのを怒りを込めて放った。

見事、巨大鮫の大口の中に命中し、鮫は体が蒸気に変わり、消滅していった。

なんというか……内輪揉めの巻き添え食って蒸発とか、ちょっと同情するわ、あいつ。

「あはは！　紅鮫ごときに苦戦とか落ちたものだな。最強の名が泣くぞ、サーズ姫？」

「貴様等のような規格外と比べないで頂きたいな。国を守るには十分な戦力だ」

二人はいまだに睨み合っている。

俺とベスは震えながら抱き合い、女の戦いというものが終わるのを待った。

上空で大きな爆発。

「……はぁっはぁっ……ち。すまないが、まだ我がブランネルジュ隊が作戦行動中でな。力を貸せ、気まぐれ魔女」

遥か上の雲の中では、いまだに戦闘が続いているようだ。

「いいだろう、たまには働かないと、小言を言われるみたいだしな」

ラビコは背中のリュックから新しいキャベツを取り出し、杖の先端にある小さくなったキャベツと取り替えた。

お姫様がチラと俺を見る。

「君はどうする。力を貸してくれるというのなら、助かるが」

え、俺なんも出来ないっすよ。ああ、ベスか。

「すいません、ベスはさすがに限界です」

「ふむ。その犬には本当に助けられた、礼を言う。犬も含めてはいたが、私が支援を求めたのは君の力だ」

お姫様がじっと俺を見てくる。

俺？　俺は街の人です。一番似合う、街の住民のポジションに帰りたいです。

「いや、さっきのでお分かりかと思いますが……俺、無力です」

俺の能力は、無敵の愛犬ベスの飼い主。それだけだ。

「はは、冗談を言うな。あの視界が限定された濃い靄の中、私の全力速攻の攻撃を全て目でとらえ、数千といたベルメシャークたちの素早い動きを全て把握するなど、無力の人間には出来ないさ。見えていたのだろう？　靄の先のものが。私はその目の力を借りたいと言ったのだ」

目？　またか、ラビコもそんなことを言っていたな。

靄の先が見える能力？　そんなの女湯覗くときにしか役に立たない……なるほど！　使える！

「おい。こんな状況でどんなエロいことが妄想出来るんだ、逞《たくま》し過ぎだろ。悪いがこいつは街に帰してくれ」

ちょっとニヤけただけで、なんで分かるんだよラビコ。どんな時でも前向きエロ妄想は俺の利点なんだよ。

「そうか……。すまなかった、では君たちは街まで送り届けよう」

俺とベスは、お姫様の空飛ぶ車輪で街の入り口まで送ってもらえた。遥か上空の雲の中にラビコが突っ込んでいったので、紫の光が溢れ、ものすごい爆発が連打で起きた。あいつ、やり過ぎだろ。

「あ、よかったです！　無事だったんですね！」

宿屋の前でソワソワしていたロゼリィが、俺とベスが帰って来たのを見つけ、嬉しそうに抱き付いて来た。聞くと、街にもあの鮫が現れ結構大変なことになっていたらしい。

ラビコと街に来ていた国の騎士さんが、あらかた倒してくれたとか。どうもほぼ全部、ラビコがやったらしいが。

街での戦闘が終わったのに、俺とベスが戻らなかったので、ロゼリィに心配をかけてしまったようだ。


一時間ほどで戻って来た水着魔女ラビコに聞いてみたら、この雪は上空で蒸気モンスターを倒したときに出来る特殊なものだそうだ。

普通のものとは違い、蒸気モンスターの魔力が残った状態で雪になるので、溶けにくいとのこと。

そしてあの紅い鮫、蒸気モンスターってやつだったのか……。どうりで強いわけだ。

ケガをしていたお姫様も無事で、そのまま王都に帰ったそうだ。

「やっぱ異世界って面白い」

溶けない雪とか、空飛ぶ車輪とか。夢が広がるなぁ。

そういえばお姫様を助けたのに、俺の妄想イベント報酬『天空のなんたら剣』は貰えなかったな。

次の日お昼、注文した今日のランチメニュー、海鮮丼と抹茶プリンを待つ間、俺の異世界の希望を水着魔女ラビコに真顔で伝えてみる。

「ラビコ。俺、空を飛んで雲に浮かぶお城に行きたいんだ」

「はぁ～？　社長……熱でもあるの～？　ロゼリィ～、氷持って来て～」

ラビコが怪訝《けげん》な顔になり俺の額に手を当て、ロゼリィを呼んだ。

「熱なんてないわ！　俺の澄んだ目を見ろ！」

ラビコがじーっと俺の目を見てくる。どうだ、俺は本気だ。

「あはは～、社長の目を見てると吸い込まれそうになるや。ちょっと火照ってきちゃったかも～」

ラビコがニヤァと笑い、体を俺に絡めてきた。

ちょ、そういう冗談はやめい！　昼間で混み合う食堂だぞ！

宿の常連客のゴツイ格好をしたモヒカンやらドレッドヘアーの、ちょっと世界観間違えてない？　系の世紀末覇者軍団がこっちを見て、ひゅー！　と騒いでいる。

「このエロキャベツ！」

バケツを持って走ってきたロゼリィが、氷水を全力でかけてきた。

「ぎゃああ！　つめ、冷たいー！」

「ほわわわわ～っ！　何すんだ～！」

俺とラビコが飛び上がって悲鳴をあげる。見ると、ロゼリィの頭から鬼の角が生えているようなビジョンが浮かんだ。これはヤバイ。

とりあえずラビコと二人、頭を下げ必死に謝った。


「雲に浮かぶお城とか絵本みたいですね、ふふ。かわいいです」

機嫌を直してくれた宿の娘ロゼリィにも、俺の夢を熱く語ってみた。

「いや、俺は本気なんだ」

「ふふ、素敵です」

まるで子供を見るような目で、優しく微笑むロゼリィ。

あかん、まともに取り合ってくれない……。

「うーんと～、もしあったとして～、社長はその場所に何を望むの～？」

海鮮丼に少量の醤油をたらし、ラビコがイカを残す気満々で言う。イカも食え。ソルートンのイカは甘くて美味いぞ。

「望む？　そりゃー美人なお姉さんがいて、勇者になるための試練をクリアしたら、すげー能力かアイテムを貰える」

「ぶっ……あっはは～、そんなの無いよ～。じゃあ、なぜそのお城は雲の上になんてあるのさ～。地上じゃ駄目な理由は？　そんな隔離された状況はなんの為にあるのさ～。逃げたのかな～？　知られちゃいけない物があったのかな～？」

　雲の上にある理由？　そんなのロマンだよ、ロマン。

　そのほうが格好いいだろう？

「隔離された場所にある物には、必ず理由があるもんさ～。ましてや人が近寄りにくい場所、僻地《へきち》にある物なんて明確だよね～、絶対に人間には近寄って欲しくないのさ～。空、地下、海とかね～。ま、近寄らないほうが長生き出来ると思うよ～？　あっはは～」

「ちぇー。空が飛べたら、面白いものがいっぱい見れそうなのになぁ」

　このあいだのお姫様が乗っていた空飛ぶ車輪、あれみたいのは他にも無いのかな。あったら絶対欲しいな。

「あ、そうだ～、私が抱きかかえて飛んであげよっか～。一分千Gね～、あはは」

　一分十万円とか高っけぇよ！　払えるか！

　よし決めたぞ、俺乗り物が欲しい。やっぱ冒険に行くにはパーティーを何人も連れていける乗り物が必須だ。馬車とか気球とか。

「決めたぞ。俺、乗り物を買う。空飛ぶ乗り物を手に入れて、冒険に出かけるんだ！」

「絶対無理かな～。あっはは～」

「私……乗り物酔いが……。その……」

　そういえばロゼリィさん、酔いやすいんだっけ……。

　俺の冒険終了。

ソルートンに突然降り積もった雪もすっかり溶けたある日、俺は今日も今日とて宿屋の厨房でアルバイトをしていた。

「兄さーん、野菜の下処理終わりましたー」

俺は二メートル近い直径の巨大深鍋に、皮をむいた野菜たちをゴロゴロと入れていく。

「おお、ありがとう。いやー、未来の宿のオーナーにこんな仕事をさせていいのか、いつも悩むよ。あはは」

宿屋の料理人、イケメンボイス兄さんが申し訳無さそうに笑う。

ここのオーナー？　未来の話をしてもお金はもらえないので、今アルバイト代を下さい。

「ロゼリィ。はい、宿泊代。アルバイト代をもらった五秒後に支払いとか、俺ギリギリだなぁ」

イケボ兄さんから受け取ったお金を、そのまま宿屋受付にいた女性、ロゼリィに支払う。

「ふふ、はい。では三日分いただきますね。何度も言いますが、うちの社員になれば、宿泊代の支払いはいらないんですよ？」

ロゼリィがなにやら一枚の紙、オーナーのサイン入り書類をヒラヒラさせている。ここの宿屋の正式雇用の書類だろうか。つか、もう用意してるんかい。

「待ってくれ、ロゼリィ。俺は世界を見たいんだ。この世界を色々見て、それから自分の行く道を決める」

異世界に来たんだぞ。あちこち見て回らないと損だろう。俺はこの異世界生活を満喫すると決めているんだ。

「はい、分かっていますよ。ふふ、お父さんにも言ってあります。世界を相手に戦えるお店作りを勉強するんですよね。私、すっごく楽しみなんです。あなたが成長して帰ってきたら、この宿屋はどうなるのか……ああ、もう楽しみ過ぎます！」

ロゼリィが超笑顔なのだが、はて、世界と戦える宿屋を作る？　そんな約束したっけ、俺。

まぁ、この宿屋にはお世話になっているし、お金稼げたらきちんと投資しますよ。

そうだなぁ、今よりお客さんの数を増やすには、料理以外の欲求を満たせるものが必要かな。料理は兄さんが才能開花で相当頑張っているから、この成長速度で問題ないと思う。

あとは施設の魅力。

「やっぱ温泉かなぁ……」

宿屋ジゼリィ＝アゼリィには、温泉がない。

この世界の人は、街のあちこちにある温泉施設でお風呂を済ませるのが常識になっている。

多分、これでお客さんを少し持っていかれているんだよね。

なんとか温泉を引くか、ここでお湯を沸かせるシステムを作って、大浴場を作れないものか。

俺は宿を出て周囲の土地を確認。宿の裏手の手付かずの庭、ここも敷地内みたいだし、いいんじゃないかな。広さもテニスコート二個分ぐらいはある。

宿の裏を流れている綺麗な小川。ここから水は取れる。ここにボイラーを設置して、お湯を沸かし、湯船に流す。

うーん、素人考えだが、オーナーに企画書を書いてみるか。

施工業者に頼めば良い物が出来ると思うし、この宿屋の武器となる売りがもう一個出来る。

よし。


「許可が出た……」

紙に絵を描いて、企画書っぽいものをオーナーに見せたら、すぐに了承してくれた。あのオーナー、見た目すげぇ渋かっこいい紳士なんだけど、かなりのギャンブラーだな……。こんな汚い絵の企画書に、あっさり投資をしてくれたぞ。

ああ、ロゼリィのお父様のローエンさんね。お母様はこのお店の名前にもなっているジゼリィさん。さすがロゼリィのお母さんってぐらいグラマラス美人。

すぐに業者さんが下見に来てくれ、見積もりを出してくれた。

聞くと、この宿屋を建てた業者さんで、オーナーのローエンさんのお知り合いなんだとか。

「若旦那、これは一部屋根ありで、半分は露天風呂にするのかい？」

オーナーのお友達で、業者の社長さんぽい人に呼び止められた。

若旦那？　まぁ、いいか。

「はい、せっかくなら露天で情緒ある風景にしたいですね。お風呂に入りながら月見とか、たまんないっすよ」

「おお、いいなぁそれ。さすがローエンが褒めるだけはあるよ、若旦那は。よし、後は任せな。きっちりいい物作っからよ」

さっそく次の日から工事が入った。こ、行動速いなこの業者。

「え、え、え？　何か急に動きが……」

突然工事が始まり宿の娘ロゼリィが驚いているが、そういやあまりのスピード進行でロゼリィには話していなかった。

簡単に説明しておかないと。

「お、お、お、お、お風呂が出来るんですか？　うわわ、やりました！　嬉しいです！　私、大勝利です！」

ロゼリィが目を見開き、歓喜の勝利宣言を出す。

うん、ロゼリィはお風呂が好きだしな。宿に出来るってことは自宅に出来るようなものだし、嬉しいだろう。つか、俺もお風呂代が少し安くなるんじゃないかと、ワクワクしている。

「ふふ、お父さんが機嫌良かったので何かと思ったら、あなたが動いていたのですか。うちの宿屋にお風呂が出来るなんて、夢のようです。これならお客さんもさらに増えそうですね。お母さんが宿泊プランを色々考えていましたけど、なるほど、こういうことですか」

……待てよ。この宿屋に露天風呂が出来たら、この俺の霧の先が見えるとかいう能力が、チートクラスに大活躍するんじゃないだろうか。

俺の若さと情熱が止まらない予感。

宿屋のお風呂増築工事も半ばのある日、俺はオーナーに呼ばれ事務所にいた。

やべぇ、さすがに色々調子に乗り過ぎたか、と思ったが、目の前に広がる光景に俺は驚く。

「セレサです。よろしく！」

「オリーブなのです。んふふ」

「ヘルブラだ、よろしく兄貴」

「アランス……よろ……」

「フランカルお世話になるんカル」

目の前に並ぶ五人の女性。後ろでオーナーがニコニコしているが……これはどういう……。

「よ、よろしく……。オーナー、これは？」

「ああ、さすがに今いるメンバーだけではお客さんがさばけなくなってきてね。今度のお風呂の増築でさらなる集客を見込んでの、アルバイトさん追加だよ」

オーナーが自慢の整った髭《ひげ》を触りながら、紅茶を飲む。

なるほど、確かにお風呂の管理もしなきゃいけないしな。でもなんで宿泊客の俺に紹介するんだ。

新しいアルバイトさんか、ふむ。全員とてかわいい……でも、何か足りないような。俺はそこで奇跡の閃《ひらめ》き。

「オーナー、制服というものをご存知でしょうか。ええ、着ることで仕事への士気が高まるという、奇跡のアイテムです。今回その制服を新しく採用してみませんか。かわいい制服を着た店員さんがいるお店というのは、集客効果が抜群なのです。どうでしょう、ちょっとスカート短めのメイド服とか」

俺はオーナーに近寄り、耳打ち。

「ほう……それはアレかね、ちょっと運がいいと見えちゃったりするのかね」

オーナーが真面目な顔で聞いてきた。

「それはもちろん。見えるのは働く女性の美しい汗ですが、とても健康的なサービスかと」

「分かった。採用だ」

俺とオーナーはとても気が合う。


「それでは最初のお仕事といこう。せっかくお店で働くんだ、かわいい服を着て働きたいとは思わないかい？」

俺はその五人を集め会議開始。オーナーに予算も貰った。

「隊長！　それ素敵です！　ただエプロンしてお仕事より、断然素敵です！」

ポニーテールの女性、セレサが右手をズバッと挙げて答える。

「かわいい服は大好きなのです。隊長さん、私も賛成なのです」

髪は肩ぐらいまでで、癖っ毛ボブヘアーのオリーブも手を挙げる。あとお胸様がロゼリィクラス。

「そうだな、せっかくならかわいい服を着たいな。私っていっつもボーイッシュスタイルだからさ、新たな自分が見つかりそうだぜ！」

ショートヘアーで、ちょっと喋りが男っぽいヘルブラ。いい笑顔だ。

「そう……。隊長はそういう着せ替えプレイがお好み……。メモ……」

メガネをかけ、広がりのあるツインテールで大人しい雰囲気のアランス。その発言にコメントはしない。バレるだろ。

「バイト特権、半額ご飯目当てで見事受かったこの奇跡。ミラクルクルクルーン」

椅子の上に立ってくるくる回りだすフランカル。志望動機は大変親近感が持てる。取る行動はちょっとアレ系の子だが。

つーか、なんでみんな俺のことを隊長扱いなんだ。まぁいいけど。

「いいか、ただかわいいだけじゃダメなんだ。制服を着ている君たちを見た人が、ついお店に入っちゃうような魅惑の制服。それを頭に入れ、今から制服を仕立てに行く！」

俺はオーナーに貰った予算を掲げ、俺について来いパフォーマンス。

「やった、私たちに服を買ってくれるんですね隊長！」

ああ、買ってやる。俺のじゃない、人の金でな！　セレサは素直でかわいいな。

「お金で女を買う隊長……の図……。アウト……？」

変なコメントはしないように、アランス。

商店街でオーダーメイドをやっているお店に、五人を引きつれ入店。

メイド服を基本に、五人の希望と俺とオーナーの夢を詰め込んだ素晴らしい制服が完成。


一応ロゼリィのも作った。

「こ、これは……？　これを着るんです……か？」

「ああ、俺からのプレゼントだ、ロゼリィ」

出来上がった改造メイド服を、宿の娘ロゼリィにも渡す。

メイド服の胸元を大きく開け、コルセット追加で腰のラインを出し、スカートは短めだが、ヒラヒラは四重にしてボリュームアップ。ストライプ柄のストッキングに、大き目のリボンをワンポイントで追加したショートブーツ。かなりいい素材を選んだので予算はちょいとかかったが、新人五人の女の子が全員納得の物を作った。

「う～わ、エッロ～。ローエンと社長が組むと聞いて予想はしていたけど～。期待通りのエロさだよ～。あっはは～」

水着魔女ラビコが、新しい制服を着てズラっと並んでいる五人を見て笑う。

「でもでも！　とってもかわいいんですよ！　ほらロゼリィさんも！」

よし、いいぞセレサ！　もっと押せ！

「かわいいは正義ってやつだよ、姉御」

ヘルブラの援護攻撃。

ロゼリィがチラチラと俺を見てくる。よし、行ける。

「君の為に選んだんだ。さぁ、俺に素敵な制服姿を見せてくれないか、ロゼリィ」

「……！　わ、分かりました！　着てきます！」

俺の決め台詞が決まった。多分、歯がキラリと光って、背後にバラが飛んでいたと思う。

「あっはは〜。その顔で言ったらもうダメさ〜、ロゼリィは断れないよ〜。ずるいな〜、社長は〜」

ラビコ大爆笑。俺の真面目な顔で笑うってなんだよ。傷付くぞ。

「なんだか楽しい職場なのです。んふふ、制服もかわいいし」

そうだろ？　オリーブ。ここは良い宿屋だぞ。

その後、エロメイド服を着て現れたロゼリィはとてもかわいかった。

ロゼリィのお母さん、ジゼリィさんが記念にと、スタッフさん全員集まっての写真撮影。この異世界ではかなり高価な物なんだと、カメラ。

メンバーも増えたし、露天風呂の完成が待ち遠しいぜ。

それからしばらくして、宿の大浴場&露天風呂、完成。

業者のおっちゃんが頑張ってくれ、かなり豪華な物が出来た。

「これはすごいな」

俺も日本で多くの豪華な温泉施設は見てきたが、それらに負けないレベル。

あ、俺が見たのはインターネットで画面越しな。

「やった……やりました！　自宅にお風呂！　お風呂ー！」

宿の娘ロゼリィが、かなりのハイテンションョン。よほど嬉しいのだろう。

ちなみにこれは源泉から引いた本物の温泉ではなく、沸かしただけのお湯で、温泉と呼ばれるにふさわしい成分は入っていないと思う。なので正確には銭湯になるのかな。

業者のおっちゃんに聞いたが、どうにもこの異世界には細かな区分は無いらしく、お湯があって多くの人が入って楽しめるのなら、温泉施設と名乗っていいらしい。

さっきロゼリィが喜んでいたが、やはり街に数軒しかないという温泉施設があるだけで宿の売りになるし、増築中、食堂でお客さんの話を聞いていると、多くの人が期待して、楽しみにしている雰囲気だった。

もちろん色々な仕掛けも考えていて、季節ごとにバラを浮かべたバラの湯や、オレンジを浮かせたりと、定期的に変化を付けていく予定。

今日はスタッフさんだけのプレオープン。とりあえず手に入ったバラを浮かべてある。

「すごいです……お風呂にお花を浮かべるとか、初めて見ました！　とてもいい香りですし、見た目が綺麗で幻想的です」

ロゼリィが今にもお風呂に飛び込む雰囲気。服脱いでからな、ロゼリィ。

細かな区分は無いものの、本物の温泉ではないので、他の手段で特徴付けないと話題にはならないからな。仕掛けは大事なのさ。見た目もいいしね。

「うは～、お風呂にお花～。こんな発想があるんだね～。社長って商人の才能あるよ～、冒険者なんてもう辞めたら～？　あっはは～」

いやラビコ、俺は冒険者だ。異世界で冒険者やんないでどうすんだよ。

とりあえず男湯にスタッフ全員集まってもらい、宿のオーナーであられるローエンさんの完成記念演説を聞く。

「それでは皆さん、本日はスタッフ貸切となっていますので、存分に楽しんで明日への活力にしてもらいたい。では女性陣は女湯へ移動で、バラの湯を満喫してください」

混浴は無いぞ。

しょうがないだろ。そういうのはトラブル起きるから、商売じゃきついんだ。

俺のチートアイの出番、無し。

「隊長、女湯に行きましょうよ！　目隠しすれば大丈夫ですって！」

ポニーテールを揺らし、アルバイト五人娘の一人、セレサがぐいぐい腕を引っ張る。

は？　アホか行けるわけねーだろ。行きたいけど。

「兄貴発案なんだろ、これ？　バイトの私たちも毎日タダでお風呂入り放題とかすごいよな！　こりゃー兄貴には恩返しが必要だろ。背中とか流してやんぞ！」

ヘルブラも腕を引っ張る。背中流してもらうぐらいなら……いいのか、な？

「あっはは～。よ～し、このラビコさんが社長の背中というか前のほうも洗ってやろう～。素手でギュギュッといってみよっか～」

ラビコが面白いものを見つけたと、悪乗りし出したぞ。

「前のほうを素手でギュギュッ……千切れてドーン……」

お、おい恐ろしいこと言うなよアランス……。冗談だよな……？

「……背中、流してあげたいです。タ、タオルで目隠ししていただければ……私は構いませんよ？」

宿の娘ロゼリィがもじもじしながら言ってきた。おい、マジか。

これ全年齢版だよな？　ついに俺の若さと情熱が突き抜ける日が来たのか？

女性陣の許可は下りた。

オーナー含む男性スタッフ全員から羨《うらや》ましそうな視線を受けつつ、なぜか俺だけ女湯へ。ラビコとロゼリィに手をつかまれ、誘導されていく。

「…………………」

目隠しは厳重にしてある。

というか、ここで何かミスったら宿屋にいられなくなるので、俺はおとなしくするぞ。チラリもポロリもない。すまんな、みんな。

異世界で今後も平和に生きていくには、今の生活を崩すわけにはいかんのだ。

バスチェアーに座り、おとなしく待つ。背中だけ流してもらったらすぐに男湯に戻ろう。愛犬ベスもついてきて、俺の横に座っている。頼むぞ、何かあったらお前頼みだ……。

「はいはーい！　一番手は新人アルバイト五人組です！　隊長のおかげでかわいい制服と、お風呂入り放題の特権をもらえた恩返しです！」

これはセレサか。お前等まだ知り合って日が浅いってのに律儀だな。嬉しいけど。

「オリーブアタックなのです、せーの。はい！」

「おー兄貴背中すごいな、男の背中だ！」

「石鹸わしわし……手が滑っちゃう……なんて……」

「あれれ、この膨らみは何だろう、見ちゃいけないマウンテン」

ほぉおお……！　すまん、みんな……映像をお見せ出来なくて申し訳ないが、俺はここまでだ……。

「あ……！　隊長顔真っ赤で倒れました！　ど、どうしましょう！」

セレサに支えられ、薄れる意識の中俺は思う。

色々とこれが限界なんじゃないかな。Rなんたら基準なんてものは異世界には無いっぽいから、これ以上はみんなもおいで異世界に、と書き残しておく。

そして次の日午前中、新たに完成した施設、大浴場と露天風呂がついに一般のお客さん向けにオープンとなった。

「皆さまお待たせいたしました！　ジゼリィ＝アゼリィ温泉施設、本日オープンです！」

事前に宣伝チラシを配り、オープン前日の昨日まで、食堂利用者にお風呂だけ利用の半額券を渡していたのが功を奏し、多くの利用者で行列が出来た。

お風呂&ランチセットや、お風呂&デザート、お風呂&ディナーセットなど、オーナーの奥様であるジゼリィさんとプランを考えていたが、これが結構好評。

あとワンデイチケットやウィークリーチケット、回数券などお得なプランを考えられるだけ提案した。

「いまのところ、お風呂ランチに回数券が人気か。いや、まだ初日だしな、傾向分析は早いか」

俺は行列を警備しながら、売り上げ傾向を計る。

お客さんの流れを男女別年齢別に細かなデータを取ってもらい、それを参考に今後改善していくつもり。

「いやぁすごいよ。飛ぶように冷たい飲み物やデザートが売れていくんだ。忙し過ぎて昼休憩無くなっちゃったけど、はは。事前に材料のストック増やしておいて正解だったね、さすが若旦那」

料理人、イケメンボイス兄さんが忙しくて嬉しい悲鳴を上げる。

冷たい物は風呂上り欲しくなるしな、予想通りか。

「兄さんすいません、お昼は十分間だけでも必ず交代で取って下さい。休まないと、必ずミスが起きて、それ以上にタイムロスが生まれますから」

「了解、交代で回すよ。よぉし、肉焼くぞー」

兄さん楽しそうだなぁ。さて、そろそろトラブルが起きるころかなぁ……。

「ど、どうしましょう……」

宿の娘ロゼリィが、困った顔で俺に走って来た。ほいきた。

「シャンプーとかボディソープが欲しいってか」

持ち込みは許可してある。でも忘れたり、家から大きいボトルを持ってくるのは手間と考える人もそりゃあいるか。

しまったな、小さいボトルのシャンプーとか、用意しておくべきだったか。これは予想していなかった。

よし、備え付けのシャンプー、ボディソープを用意しよう。

しかも一種類だけじゃなく、何種類も用意するか。こういうとき、選ぶ楽しみは欲しいよな。今後の改善点か。

「商店街で買ってくる。据え置きのシャンプーとかを用意しよう。数種類あれば好みで使ってくれるだろうし」

「わ、分かりました！　私も行きます！　女性に人気のシャンプーを教えてあげますね」

助かるロゼリィ、正直俺には何がいいのか分からないしな。オーナーに予算の相談だ。

「あっれ〜？　この宿屋〜、こんなに混雑するようなところじゃなかったのになぁ〜。ねぇローエン、ジゼリィ〜？」

「はは、それは言わないでくれラビコ。酒飲めればいいだろ、ってしか考えていなかったからなぁ。本当、ちょっとのことで変わるもんだなぁ」

「そうだね、時代に沿った変化ってやつかね。うちは上手く世代交代が出来そうさ」

「あージゼリィ～？　私は社長をロゼリィに渡す気はないよ～。大人の色仕掛けで落とすのさ～」

「参ったね。あの少年、押しに弱そうだしねぇ……こりゃー娘には頑張ってもらわないと」


ロゼリィのアドバイスを聞き、商店街で買ってきたシャンプーを数種類設置。

あとはシャンプーの減り具合で、人気を計って改善。

アルバイト五人娘のかわいらしい制服も人気。男性はもちろん、女性客の評判も良かった。

その服が欲しいという人もいたが、さすがにあれは売り物じゃないしな。

このお店を表す看板ってやつだ。


夕方、客足も落ち着いたので、ロゼリィと夕飯。

「……そうだなぁ、この宿屋専用のシャンプーとか、作れないかな。お土産とかも」

「うわー専用シャンプーいいですね！　私が欲しいです」

しかし、そういう物を作ってくれるツテがない。どこかにお願い出来ないものか。

「隊長ー、疲れましたー……」

ちょっとぐったりしたセレサがポニーテールを揺らし、横に座って来た。さすがにアルバイト五人娘にも疲れが見えるか。

「夕飯、交代で取ってくれよ。いつもなら半額取るが、今日はオーナーのおごりだってよ」

「おおお！　飯タダ！　やったぜ！　おかわりは？　兄貴おかわりは！」

俺が全員が元気になる魔法の言葉を発すると、見事ヘルブラが瀕死状態から生き返った。

「おかわりはダメだ。その代わり、兄さんがデザートおごってくれるってさ」

「やったーー！」

アルバイト五人娘に笑顔が戻る。


温泉施設の営業時間終了間際、俺は楽しみにしていた露天風呂に入る。

「ああ……夜の露天風呂、星空が最高だぜ」

宿泊客は一日一枚回数券が出るので、それを使ってお風呂。

急遽《きゅうきょ》設置したシャンプーなどを眺めながら考える。

「たしかにシャンプーが数種類あるのっていいな。明日はこっちにしようとか、考えてくれるかもしれない。これだけでリピーターの完成だ」

さらに、この宿にしか無いシャンプー置いて実際に使ってもらう。そして帰りにさっき使ったシャンプーが売っていたら、買ってくれる人もいそうだな。うん、いけそうだぞ。いつか、そういうことをやってみたいものだ。

「つーか、なんで俺がこんなに戦略を練ってるんだ……」

まぁ、ここに正式雇用をお願いするって将来も、いいのかなぁ。

なんて思った、温泉施設オープン初日。満月の夜。


翌朝。愛犬ベスを引き連れ、客室がある二階から一階の食堂に下りる。

「おはようございます、うふふ」

奥の通路から、とても良い香りのロゼリィが歩いてきたが……。

「あれ、もしかして朝風呂？」

「はい！　ちょっと夢が叶いました。朝からお風呂に入って、好みのシャンプーの香りが自分の髪からするっていいですよね！」

温泉が自宅にあるってのはでかいよな、この異世界では。

なんか時間があったらいつもお風呂行ってないかロゼリィ。すっごい笑顔だし、宿に温泉施設が出来たことがよっぽど嬉しいんだろうなぁ。

「はぁ～……。負けた～、これは厳しい戦いになるな～」

水着魔女ラビコも温泉施設方向から歩いてきた。なんか落ち込んでいるが。

「参ったね～。あれはもう武器だね～、社長ピンチかもね～」

俺がピンチ？　何が起きたんだ朝の女風呂で。

「そういえば社長ってさ〜、女の好みってどんな〜？」

食堂のいつもの席に座り、朝食をいただきながら雑談をしていたら、水着魔女ラビコが何か言いだした。

「いや〜、聞いたことないなと思って〜。ほら、社長っていっつも女の裸で頭がいっぱいでしょ〜？　その妄想をちょろっと言ってみてよ〜。あっはは〜」

い、い、いつもじゃねーよ。たまにだよ、たまに。全然違うだろうが。

つい目が行ってしまう女性の好みなんて、エロいやつに決まっている。それは側にいて欲しい女性の好みとは違うよ。

ラビコが自分の、水着に包まれた大きなお胸様をアピールしてくる。

「……そりゃあ、な。大きいに越したことはない」

「あ〜そうか〜、それマズイな〜。比べられたらマズイな〜。社長さ〜、明日から王都で暮らさない〜？　ロゼリィにはこの街で頑張ってもらって〜」

それを聞いたロゼリィがすごい勢いで立ち上がる。鬼の角が見え隠れ。

「ふふ、あんまり変なことを言うと、うちでデザート禁止令出しますよ？」

「そ、それは困るな〜、ここのパンケーキは食べたいな〜」

よく分からんが、一度は王都に行ってみたいぞ。すっげー都会なんだろ？

「王都か、行ってはみたいな。今はお金ないから行けないけど」

「だ、だめです！　行ってはいけません！　王都なんて犯罪者ばかりの怖いところなんですよ！」

ロ、ロゼリィさん？　大興奮なんですが、そ、そうなのか？　このソルートンの街ってすげー平和だから、そういうの気にしたことないが。まぁ、人口多いと犯罪を起こす人も増えるのか。

「う～ん、まぁゼロではないし、絶対安全とは言えないけど～。王都を守る騎士が常に都市内を見回っているし～、検挙率は結構高いから安心は出来るよ～」

ラビコが王都の事情を語ると、ロゼリィががっしり俺の腕をつかんできた。

「い、嫌です！　あなたがいなくなるのは嫌です！」

おほ、ロゼリィのお風呂上がりのいい香りが俺を誘惑する。

「うっは～。社長だらしない顔～。そっち系じゃやっぱ勝てないかな～。じゃあお金で攻めるか～社長～、今までの借金チャラにするから～、私と二人で王都で暮らそう～」

む、チャラとな。つうか、借金てやっぱ積み重なっているんですかね……。

「出勤したら……修羅場に遭遇……」

九時出勤のアランスが、俺たちと顔を合わせないように横を通り過ぎていく。

お昼過ぎ。

アルバイト五人娘の中で、俺は七股が発覚し、王都に逃げようとしたところをみつかり修羅場になっていたと、話が飛躍していた。

つうか七股ってなんだよ。ロゼリィにラビコで二人、あとの五人ってお前ら含めて全員かよ。俺すごすぎだろ、それ。

そういう逞しい俺に俺が憧れるわ。

◇◇◇

「はぁ……」

宿の娘ロゼリィが、お昼のランチセットを食べに来る、同年代の女性を見ながら深い溜息をついた。

以前はごつい男の人しか来なかったので、あまり気にしていなかったのだが、最近は女性客が一気に増え、どうしてもその光景が目に入ってしまう。

「はい、あーん。おいしい？」

「うん、おいしいよ。あはは」

それぞれ違うデザートを頼み、それを二人で楽しそうに分け合って食べ合う若い男女。それも一組や二組ではない。朝から晩まで、何組ものカップルの幸せそうな姿を見る毎日。

「この街にはこんなにもカップルの方がいたなんて……不勉強でした」

今までこの街にはごつい鎧や、個性的なモヒカンみたいな髪型の男の人しかいないのかと思っていた。

それがあの人が食堂のメニューを改善した途端、若い男女のお客さんが一気に増えた。そしてお店に来る女性の着ている服がなんと煌《きら》びやかで、肌の露出の多いことか。

「ほとんど裸みたいです……ああ、あれってスカートの意味あるんですか？　もう無いも同然……」

股下数センチ、下着が見えることが前提のミニスカートをはいた女性。

周囲の男性の視線が一気に集まり、その女性が足を組み替えるたびに、モヒカンの方々が歓声を上げる。

すごい……見られているのに、それを楽しむような振る舞い。同じ女性なのに私とは真逆、見せて楽しむ、あんな考え方があるのですか……。

「私は……無理です無理です！　あんな格好」

そんな私でも、過去に際どい服を着たことはある。

最初はミニスカート。膝上ぐらいの普通の物だが、それでも私にはとてつもない冒険だった。普段変えることの無い髪形も変えてみた。

二回目は水着。水着なんて子供のとき以来だった。ほとんど裸みたいな水着を着た。最初は顔から火が出るくらい恥ずかしかったが、だんだん慣れ、大丈夫になった。

「そう、肌をさらしていても怖くは無かった。私の横には……あの人がいたから」

あの人はある日突然、宿に現れた。

犬を引き連れ、すごく目立つオレンジの変わった服。普段のごつくて怖い見た目の男性ではなく、とても犬を大事に扱う優しい笑顔の男性。

いつもならこちらから話しかけることなんて出来ない私が、普通に話しかけていた。その人も笑顔で応じてくれ、嬉しかった。いきなり手を握られたのはびっくりしたが、初対面なのに嫌ではなかった。

悪意や下心ではなく、連れて来た犬の料金がかからないことに喜んだ故の行動だと、すぐに分かりましたし。

あの人はこの宿が気に入ってくれたらしく、それからずっと泊まってくれている。

買い出しのメロンを運んでいて倒れそうになった私をさっと助けてくれたり、一緒に行ったお風呂で新しい香りのシャンプーを褒めてくれたり、頑張って作った朝食セットやシチューをおいしそうに食べてくれたり。

いつも私は厨房の端っこで一人ご飯を食べていたのに、混雑する食堂に出て、あの人の横で食べるようになった。

ご飯とかいつも仕事の合間に無表情で食べるもので、おいしいとか考えたことが無かったが、あの人の横で食べるとご飯はとてもおいしく、自然と笑顔で食べていた。

あの人が来てから、私の毎日は変わった。

世界とはこんなにも明るく、楽しいものだったのか。

毎日のように怖い人にからかわれ、絡まれ、下ばかり見ていた私の世界。

死ぬまでこんな毎日を繰り返すのかと、いつも泣いていた。

「あー腹減ったー」

あの人が食堂に来ました。

もう準備はしてあります。セットメニューに紅茶。最初の一杯はぬるめ。それをぐいっと飲んで、二杯目から香りを楽しむように飲むのが好きみたい。

「ロゼリィー、紅茶くれー」

来ました。

ティーカップにあらかじめ紅茶を入れておき、蓋をして少し冷ましておきました。

「ふふ、ぬるいですよ？」

「おお、それそれ。最初はぬるいのでいいんだ」

あの人は紅茶を受け取り、ぐいっと飲み干す。私はポットを用意し、二杯目の準備です。

「おかわり……お、ありがとう、ロゼリィ。昼食べた？　まだなら一緒に食おうぜ」

待っていました、その言葉。

毎日当たり前のように誘ってくれる。

一緒に食べよう。

それは私にとって魔法の言葉。

泣いてばかりいた私の毎日を、笑顔に変えてくれた言葉。

キャンプ場では上手く言えなくてはぐらかされてしまったけれど、いつか言うんだ。この気持ちをきちんと伝えるんだ。

感謝と……私の想い。
いつもありがとう、私はあなたが大好きです。

第7章　ソルートン防衛戦様

その日はソルートンの港で、海に感謝をするお祭りが開かれていた。

異世界でのお祭りとか楽しみ過ぎて、昨日から俺の心はヒートアップ。もう我慢出来ずに、朝一で来てしまった。

「おおー！　これがソルートンのお祭りか！」

漁港全てを使い、魚のキャラクターを描いたグッズで飾り立てられ、屋台がずらりと並ぶ。

その屋台では、魚を使った料理を安価で食べることが出来るとか。さらに新鮮なお魚を普段より安く買うことが出来たりと、ソルートンの住民が毎年楽しみにしているお祭りなんだそうだ。

「見ろ～、この盛り上がりを～。さぁ手に入れろ高級魚～！　気合いを入れないと圧倒されるぞ～？」

水着魔女ラビコがニヤニヤと笑い、人で埋まるソルートン港を指す。

早朝だってのに、マジですごい人数。もしかして、ソルートンの住民が全員ここにいるんじゃないかって思ってしまうほどだ。

「ふふ、お祭りはいいですよね。何か心がワクワクしてきます！」

宿の娘ロゼリィが興奮気味に屋台を見回している。

なんにせよ人の数が多い。迷子にならないように、愛犬ベスは俺が抱っこして移動するか。

よし、まずは食い物だ。食えるだけ食うぞ！

どんなお店があるかチェック。えーと、魚のフライ、焼き魚、何かの貝の炭火焼き、鍋物、もう見渡す限りお魚料理で溢れている。迷うなこりゃ。

お、向こうに『お刺身一山食べ放題』なんて屋台があるぞ。

「お刺身行こう。お刺身、俺好きなんだ」

はぐれないように、全員で固まって移動。行列の出来ている、お刺身食べ放題屋台に到着。

「混んでますねー。あ、見てください、普段は高くてなかなか食べることの出来ない、高級なお魚さんも紛れているらしいですよ」

ロゼリィが宣伝看板を見たらしく、心躍る情報を言う。

まじか、早く食おうすぐ食おう。

「あはは～。社長が子供みたい～。超はしゃいでる～」

すまんなラビコ、この興奮は抑えがきかないんだ。俺は食う。

受付で料金を支払い、チケットを受け取り並んで待つ。

家族や友人同士などのグループ単位で買えて、料金ごとに『山』を選べる。もちろん強者は、ソロで突破していくらしいぞ。かなりの大食いじゃないとキツイらしいが。

十Ｇ、日本感覚千円で小袋一杯分、三十Ｇで中袋、五十Ｇで大袋と、食べたい量を自分で選ぶ。どれも袋一杯に詰め込んでくれるから、相当お得だぞこれ。

「バケツでお願いします！」

前の男十人グループが『袋』の上の単位、『バケツ一杯』を高らかに宣言。

す、すげぇ、バケツ一杯分詰め込んでくれるのか。あれで百G、一万円はすごいな。十人いるから、一人十Gでバケツ一杯食えるとか、夢の国の食い物だぞ。

「おおおおおっ！」

バケツ一杯分の色々なお刺身が詰まった山がテーブルに運ばれた途端、男たちが奇声を上げ、我先にと山に食らいついた。

「は、早い……！」

俺は思わず声を漏らしてしまったが、男十人が山と積まれたお刺身をものすごい速度で崩していく。これはバケツ一杯でも、もって五分だな。あいつ等、命張り過ぎだろ。つーか、時間制限ないんだから、ゆっくり味わって食えばいいのに。

「えーと中袋で」

店員さんに、さっき買った中袋チケットを渡す。

俺たちは冷静に、ベス含め四人なので中袋。これでも相当詰まっている。

「き、来ました！　あ、赤いのが多く見えます！　あれトロじゃないですか？」

ロゼリィが目の前に盛られた山から、トロを数枚発見した模様。

「あはは～。あれは譲れないねぇ～」

「ああ、これは戦いだ。全員恨みっこ無しだからな。俺は遠慮せんぞ」

ここで男女の差など関係ない、お刺身を前にしたら、人間は皆平等なのだ。全員で頷き合い、戦闘開始。割り箸で相手を牽制し、獲物に食らい付く。

「おりゃあああ！　赤いのゲットー！　あ、タコ……」

俺は勢いよく山の中にある赤い物をつかんだが、タコだった。いや、タコも新鮮で吸盤うめぇけど。

「えええええい！　あ、来ました！　とろけるトロゲットです！」

しまった、ロゼリィにトロを一枚持っていかれた……残るトロは何枚だ？

「はい〜トロ、大海老、ウニゲット〜。あっはは〜」

おい、マジかラビコ。どうやったら箸一突きでそんなに取れるんだよ！　ズルはしてねーよな？　なんかコツでもあるのかな……。

「ベスはお腹壊さない程度の少量な」

愛犬ベスに少し分けていたら、好機と踏んだ二人の箸が残像を残し飛び交い、高級そうなものはあらかた消えてた。

「く、敵は手強《てごわ》かった……」

俺は肩を落とし、次の屋台へ。

「戦いなのです！　譲りません！」

ロゼリィが鼻息荒く、フンフンしている。こりゃー本気出さないとだめだな。

「海鮮汁配ってるよ～。社長行こうよ～」

ラビコが何かみつけたようだ。よし、無料か。これは並ばねば。

大行列の最後尾に並ぶ。もらえる海鮮汁は丼一杯分、なんと豪勢なのか。

数十分並び、海鮮汁ゲット。

「おお、出汁《だし》がすごい……。これ、何入っているか分からないけど、すげぇ美味いぞ」

とにかく具材が山盛り。判別出来るものだけでも鮭、タラ、トッピングでいくらが入っている。

「あ、カニです！　カニが底に沈んでいました！」

まじかロゼリィ。俺は……入っていない。くっ、無料の物に文句はないが。

「カニ味噌おいしい～。これ並んでよかったね～」

ラビコのほうにも入っていたのかよ。ち、鮭がおいしいから満足だけどね！

お魚直売所に移動し、宿の料理人であるイケメンボイス兄さんに頼まれたブツを探す。

「しかしマグロ一匹買うってマジか。かなり高いぞ？」

「今日の夜は、マグロ三昧《さんまい》メニューを食堂で出すんだそうです。頑張って選びましょう」

宿の娘ロゼリィから魅惑のお言葉が飛び出す。よし、俺もそれは食いたいし、良いマグロを選ぶぞ。

直売所を見ると、地面にいくつもの木箱が置かれ、そこに魚が大量に入っている。一体どれにすればいいのやら。

「おお！　オレンジの兄ちゃん！　元気かー。がっはは！」

あれ、漁船でお世話になった、海賊風おっさんじゃん。

「マグロか？　兄ちゃんがいるってことは、ジゼリィの宿屋で出すんだろ？　ホラ、これなんかどうだ」

おっさんが良さそうなのを選んでくれたが、値段が二万G。に、二万Gってことは二百万円か……。やっぱマグロ一本は桁が違うなぁ。

「あっはは〜。これでもお安いと思うけど〜、もちろん昔のよしみ、ラビコさん相手だともうちょっと値引くよねぇ〜？」

水着魔女ラビコが、ぐいっと俺の前に出て来てニヤニヤ。

「おっとラビコか、参ったな。今日は儲けとか考えていないし、いいか！　ホラ一万五千Gで持ってけ！　台車も付けるぞ、がはは！」

海賊おっさんがかなり値引きをしてくれたので、安く仕入れることが出来た。

とりあえず食いたいもの食ったし、マグロを宿に届けるか。

ベスが台車に乗っかり、三人で重い台車を引く。

「お、重いです！　でもおいしいマグロ！」

「そうだ、頑張って運んで美味いマグロを食うぞ！」

ロゼリィを励ましながら重い台車を引っ張る。しかしふと港の向こう、沖のほうが気になり目を向ける。

「……なぁ、ラビコ。海の向こうに大きな山って……普段見えたっけ？」

海の遥か沖、靄の向こうにぼんやりと山が見える。まるで島みたいに浮かんでいるが、あんなのあったっけ。港には何度か来ているが、あんなの記憶に無い。

「山？　いや～、ここから見える範囲の海に、島や陸地はないよ～。私には見えないけど～？」

「私にも見えないですけど……」

ラビコもロゼリィも見えないようだが……おかしいな、ほらすっごい遠いから小さいけど、山が見えるだろ。

「なんか綺麗な台形みたいな形の山、かなりの高さがあるぞ、あれ」

「山……？　それって……靄は見えるのかい～？」

えーと、うん。靄に囲まれているような感じ。

「ああ、そう見えるな」

「あっはは……。それはかなりマズイね～、ごめん魚は任せるよ～！」

ラビコが血相を変え、どこかへ走って行った。

「ど、どうしたのでしょう？」

「わからん。でもラビコのあの慌てようは、ちと怖いな……」

靄、か。かなり嫌な予感。

しばらくして祭りは中止になり、街中に鐘の音が鳴り響く。

その音は、街の外への強制避難の鐘。

「そ、そんな……私が生まれ育った街……。新しいお友達も出来て……あなたと出会えた大切な場所なのに……」

ロゼリィが俺の腕をつかみ、目に涙を浮かべる。

街を捨てる。この鐘の音には、その意味も含まれているそうだ。

「早く農園に一時避難するんだ！　急げ！」

街の警備を担当している騎士さんが大声を上げる。農園？　俺がお世話になったあそこか。

まぁ、あそこ広いからな。食料もあるし。

騎士が慌ただしく動き、戦いの準備をしている。

水着魔女ラビコの指示らしく、あの島がソルートンに近付くまでにはまだ時間があるらしい。


「明後日の朝、か」

そうラビコが言ったらしい。ならまだ大丈夫。

俺たちは宿に戻り、避難準備を始める。

宿のオーナー、ローエンさんが言うに、蒸気モンスターが住む島、それがあの不気味な動く島なんだと。海を漂い、時たま人間の街を襲う。

「悔しいね、せっかく宿の新しいシステムが上手く回ってきたところなんだけどな」

ローエンさんが、悔しそうに宿の厨房や温泉施設を見る。

蒸気モンスター。

以前キャンプ場で初めて出会った、ラビコ曰く別世界の化け物。とんでもない強さのモンスターで、口から多量の蒸気を吐き出しているという特徴がある。

二回目は空飛ぶ鮫。王都のお姫様と出会ったとき、共に戦った。

「オーナー、蒸気モンスターって一体……」

宿の戸締りを急ぐオーナーを手伝いながら聞いてみる。

「さぁねえ。それが分かっていたら、ここまで苦労はしないんだけどね。ただ分かっていることは、向こうも必死ってことなんだろうね」

向こうも必死。生きることに、ということだろうか。それならこっちも同じ。

やらなきゃやられるってか。

「僕等だって同じ。だから戦うのさ、守る為に」

オーナーが家族の写真と、宿の従業員の集合写真を大事そうに胸ポケットにしまい、顔を上げる。

「さぁ避難するんだ、農園なら絶対安全さ。なにせ、あそこには僕等の師匠がいるからね」

「お、お父さん？　い、一緒に行かないんですか！」

ロゼリィが声を上げる。

「ロゼリィ、僕らには守らねばならない物があるんだ。それはとてもとても大切な物でね、それを守るのが大人の役目ってやつなのさ」

ローエンさんが、娘であるロゼリィの頭を撫でる。

妻であるジゼリィさんも、ロゼリィの頭を優しく撫でる。

「お母さん……！　私だって大人です！　いや、いや……いやぁああ」

ロゼリィが泣き出してしまった。

「ほら子供だ。泣くんじゃないよ、私たちの自慢の娘。ふふ」

ジゼリィさんがロゼリィのほっぺにキスをした。そして笑顔で俺を見てくる。

「娘を頼んだよ。今を守り、子供に未来を託す。それが大人ってやつなのさ」

ローエンさんとジゼリィさんが笑い、従業員全員を送り出した。

「隊長……怖いです……」

アルバイト五人娘のセレサが震えている。さすがにいつもの元気は無いか。

料理人、イケボ兄さんも少し泣いている。相当に悔しいのだろう。

「くそ……」

泣くロゼリィの手を握り、俺は歩く。

街の北側にある、大きな農園に到着。

道中、歩く人に会話はなかった。

農園のオーナーのおじいさんが笑顔で迎えてくれ、倉庫をお年寄り、女性、子供を優先に開放してくれた。

健康で体力があり戦える若者は、緊急用に備えてあったテントを倉庫から出し設営。もとから街の避難所に指定されていたらしく、テントや、緊急用グッズはじゅうぶん足りそうだ。農園だけあって、食料もたくさんある。数日なら余裕そう。

「……数日もここにいなきゃいけない事態は、考えたくないがな」

俺はテントの設営を率先してやり、何も出来ない自分の不甲斐なさを誤魔化していた。愛犬ベスも事態がおかしいことに気付いたらしく、ソワソワしている。

「明後日早朝かのぅ。見えたんじゃろ？　あの島が」

農園のオーナーのおじいさんが、夕飯の準備を手伝っていた俺に話しかけてきた。

「はい、何かとても不気味な感じでした」

あの恐ろしい蒸気モンスターの住む島。いったいどれだけの数がいるのか。考えたくもない。

「状況によっちゃあ、隣街まで避難かのぅ。まぁ、しばらくは耐えるじゃろうし、あいつ等の頑張り次第かのぅ」

街には冒険者の有志が集まり、街の防衛に当たるそうだ。かなりの数の冒険者が立候補したようで、士気は高そうだった。

残念ながら、俺は冒険者としては無力。

ローエンさんとジゼリィさんに娘であるロゼリィを託されたので、俺はベスの力を借りてでも、必ず守るつもり。今はとりあえず、新人アルバイトの五人についてもらっている。

「まぁ心配すんなや、そんな強張った顔じゃあ守るもんも守れなくなるけぇ。まず飯食え」

おじいさんが俺の肩をポンと叩き、自宅に入っていった。

みんなに配布されたのは、パンと温かいスープ。

とてもじゃないが喉を通らない。皆も同じ気持ちらしく、モソモソと少し食べる程度で済ませた。


「隊長、ロゼリィさんがあなたに会いたいと言っています」

夕食後、アルバイト五人娘のセレサが、不安そうな顔で俺の側に来た。

倉庫に入り、ロゼリィの元へ。ずっと泣いていたらしく、目が赤い。

「あ、ごめんなさい……呼びつけてしまって……」

「いや、俺も不安だったし、ロゼリィに会ってから寝ようと思っていたから」

俺はロゼリィの頭を撫でる。

「ふふ、落ち着きます。泣いてばかりいてもしょうがないですもんね。私も頑張らないと」

良かった。いつもの笑顔が戻った。

ロゼリィとアルバイトの五人にはもう寝るように、と言い、俺は農園の端にある小高い丘に登った。

「ここ、街の全景を見れるのか」

丘から夜のソルートンの街を見下ろすと、暗闇の中、あちこちに明かりがついているのが分かる。冒険者の有志が集まっている場所なんだろう。

とても静かな夜。明後日、街で戦いが起きるとは思えないぐらい平和な夜。

しかし海の向こうには靄に包まれた島が見え、確実に近付いて来ている。

「ベスッ」

愛犬ベスが俺の足に絡みついて来た。

「なんか大変なことになったたな。モンスターとか普通にいる世界なんだしな、平和なわけがないよな。悪いがベス、頼りにしているぞ」

ベスの頭を撫で、俺も覚悟を決める。


次の日、本格的に戦いの準備が始まり、皆の緊張感が高まる。

港には多くの冒険者が集まり、木のバリケードなどが作られていた。

俺はなるべく笑顔でいることを心がけ、ロゼリィやアルバイト五人娘の心を落ち着かせるよう振る舞った。


水着魔女ラビコが島の接岸を予想した当日早朝。

俺は愛犬ベスを引き連れ小高い丘に登り、状況を見る。

不気味な島はもうだいぶ近付いている。数キロ沖ぐらいか。

「来た……」

島の濃い靄を纏った高い山から、何かがこちらに向け飛び立った。ものすごい数、もう黒い雲のような集団。

海にも巨大な影が見える。何かがものすごい数、蠢いている。

「空と陸から。陸は港で地上戦でいけるが、空は……」

対空攻撃は、手持ちの武器では届かない。下手したら一方的にやられてしまう。

「皆さん、大丈夫でしょうか。お父さん、お母さん……」

ロゼリィが俺の横に来た。泣いてはいない。覚悟を決めた顔。

他の人もやはり街が気になるようで、この高台に登ってきている。

空からの部隊が早い。街の港上空に到着すると、8の字で周回し始めた。

「あれは鮫のやつだ」

以前、お姫様のときに戦った紅い鮫。

とても素早く、隙《すき》を見せると集団で突撃してくる危険なやつ。対空手段を持たないこの街の冒険者が、どこまで戦えるか。

あとは見たことのない、巨大な空飛ぶエイのような奴が空の部隊に混じっている。相当でかい、ここから見ても分かるぐらいの大きさ。鮫を蟻と表現すると、蝶ぐらいの大きさがエイになる。鮫の実際の大きさが五メートル以上、それから考えると……あのエイ、危険だぞ。

港の各地点から、遠距離攻撃が始まる。

弓、投石、一部魔法のようなもの。どれも当たることはなく、威嚇ぐらいにしかなっていない。

「鮫にあんな遅い攻撃、当たらない……」

港に、海を蠢いていたものが着いた。

ゆっくり港に這《は》い上がってくるそれは、人の倍以上の大きさはある魚頭のゴーレム。動きは遅いが、数が多い。

続々と上がって来る魚ゴーレムを、一人の男が巨大な斧《おの》でなぎ倒していく。一振りで十匹近くを切り裂き、蒸気に変えていく。

「すごい……あれ、海賊のおっさんだ！　すげぇんだな、あの人！」

「え、お世話になっている海賊みたいなおじさんですか？　よく見えますね、私には靄であまり……。何か小さなものが動いているぐらいしか……」

ロゼリィが見ようとするが、遠くて見えないようだ。そりゃあ俺だってハッキリとは見えない。

群れをなして押し寄せる、蒸気モンスター。

それぞれが蒸気を出している為、街中が蒸気で覆われてきて視界が相当悪い。

そして倒すと蒸気に変わる為、さらに視界は悪くなる。長引くと、状況が不利になる一方だ。

数の比率は人が一に対して蒸気モンスター千、ぐらいか。もはや比較すら無意味。とにかく上空を漂う鮫の数が半端ない。

冒険者たちは各々の地点で応戦している。

守りたい物がそれぞれ違うのだろう。船だったり、家だったり。しかしあれでは……。

空中に浮いていた巨大エイが真下に向け、蒸気の塊を吐いた。

「逃げろ！　まともに喰らうぞ！」

真下には数人の冒険者グループ。あの鎧、酒場によく来ていた世紀末覇者の人たちだ。だめだ、覇者たちの動きは遅い。

港に向け走っていた男女二人、女性のほうが二刀流の細長い剣を上に掲げ、叫ぶ。

二本の剣が光り、その人を中心として地面に光の枝が張り巡らされ、港にいた冒険者全員の体が光の粒で覆われる。

エイが放った蒸気の塊が下の世紀末覇者たちに命中。しかしその光の粒のシールドが蒸気の攻撃を弾いた。

二人組のもう一人、男性のほうが両手に光の円盤を作り出し、上空のエイに向けて投げる。

二枚の薄い円盤はエイを貫通、さらに上空にいた鮫も巻き込み、蒸気に変えていく。

「すげぇ、なんだあの二人……。ほぼ港全域の冒険者にシールド張るとか広範囲どころじゃねぇ……。あの二刀流の女性と光る円盤の男性……あ……」

俺は隣のロゼリィを見て、言おうとしていた言葉を止めた。

「ど、どうしたんです？　なにが起きているんですか、靄で何も見えなくて……」

「大丈夫。すごい人がいるみたいだ、この街には」

ロゼリィが首をかしげる。

余計な心配をかけないように、ロゼリィには言わないほうがいいのだろうか。

君の御両親は、ものすごい冒険者みたいだよ、と。

港に上がって来る魚ゴーレムは海賊のおっさん、街のほうの空飛ぶ紅鮫と巨大エイはローエンさんとジゼリィさんが軸になり、蒸気モンスターの侵攻を抑えている。

他の冒険者のグループは濃い蒸気で周りが見えていないらしく、各地で点々と応戦している。

ジゼリィさんが張った光のシールドが蒸気モンスターの攻撃を弾いているが、あれもいつまでもつのか。

海の向こうの島からは、次々と蒸気モンスターが押し寄せて来る。

「これでは勝ち筋が見えない……」

こちら側で戦力になっているのは三人。それに対し、蒸気モンスターの数は数千〜数万。しかも増え続ける一方。

無限ポップポイントであるあの島をどうにかしないと、こちらに勝ち目は無くなる。

「きゃあああああ！」

「こ、こっちに来たぞ！」

俺の後ろで悲鳴が上がる。

見ると、紅鮫とエイの一団が俺たちに気付いたらしく、街を素通りしこちらに向かって飛んで来ている。避難していた街の人が叫び、四方に逃げ走り出す。

くそっ！　俺はロゼリィの手をつかみ……どこに行く？　どこに逃げる？　他の人を見捨てて逃げるしかないのか？　ベスと応戦するか？

しかしあの数、全て俺たちに向かってくれればいいが、逃げ惑う街の人を広範囲で襲われたらどうしようもない。何人死ぬか、想像もしたくない。

「……それでもやるしかない！　ロゼリィは宿の皆と行ってくれ、俺はここで応戦する。ベス！　気合い入れろ！」

「い、嫌です……嫌です！　私はあなたと……」

俺と残ろうとしたロゼリィをアルバイト五人娘に任せ、ベスの頭を撫でる。

ここにいる全ての人を守ることは出来ない、すまない。

俺には戦力がない。愛犬ベス頼みの戦いでは、ロゼリィと宿の皆を中心に守ることしか出来ない。覚悟を決めろ。この選択は、もしかしたら一生後悔するのかもしれない。でも、今の俺ではこの決断をするしかない。俺の力では、守れる命の数は少ないんだ。

それでも全てを倒すことは出来ないだろう。

ベスの力が尽きるまで、それがタイムリミット。

そうなったらベスを抱いて、ロゼリィを優しく抱きしめて目を閉じよう。

「友よ、俺の命も、使って欲しい」

逃げ惑う街の人の中から、一人の男がゆっくり歩みを進めてきた。笛を持ち、デカイ剣を背中に背負っている。この格好は……。

「ハーメル。いいのか、今回の報酬は山分け出来ないぞ」

ハーメルが笛を小さく吹くと、倉庫の向こうから巨大なクマが立ち上がった。

無数のホエー鳥を引き連れ、足元にいる犬、猫、猿、イノシシなどの動物たちと共に、ゆっくりとこちらに歩いてくる。その巨大なクマに驚き、逃げる足を止める街の人たち。クマのメロ子は、五メートルを超える巨体だからな。

「いい。友の、立ち向かう覚悟を、勇気を、見た。それで、じゅうぶん、だ」

「背中は預けるぞ、ハーメル」

俺とハーメルがコツンと握りこぶしを合わせる。

泣くロゼリィとアルバイト五人娘、俺はイケメンボイス兄さんに頭を下げる。あとはお願いします。

俺は覚悟を決め、愛犬ベスとハーメルに目を合わせる。

「さぁ行くぞ。追い詰められた人間の力ってのを見せてやろうじゃないか」

「ベスッ！」

「行こう。友よ」

先行してこちらに向かって来る紅鮫の集団に目標を定め、ベスに指示を出す。

「撃てぇ！」

ベスが俺の指示を聞き前足を振り、かまいたちを発生させる。

見事集団の一部を蒸発させるも、生き残った後続の紅鮫が次々こちらに向かってくる。数は不明、数えるのも馬鹿らしいほど。

俺はとにかく空を指し、ベスに撃てと指示を出す。

「みん、な。力を、貸してくれ」

ハーメルが笛を吹くと、巨大なクマ、メロ子が地面を揺らしながら歩みを進め、その太い腕を振り下ろす。何匹かの紅鮫がその爪を受け、蒸発していく。

すげぇ、メロ子すげぇよ！

「うおおおおお！」

逃げる街の人の中から、武器を持った男たちが数名飛び出してきた。ハーメルと俺の周りに立ち、大きな武器や盾で紅鮫の突撃を防いでくれる。

「よう！　あんたあの宿の人だろ。よく女関係の悪い噂を聞いていたから、どんだけ悪人かと思ったら、結構勇気ある兄ちゃんじゃねーか！」

大きな盾を持ったごつい人が、笑いながら言う。申し訳ないが、その悪い噂は全部誇張されたウソなんで忘れていただきたい。

「俺も聞いたぜ、七人の愛人がいて、毎日抱いてんだろ？　かーっうらやましい！　俺も死ぬ前に色々やってみたかったぜ」

長い槍の男も続く。そんな存在いません、俺が抱けるのは愛犬ベスだけです。

「ここで逃げて、あんたの愛人伝説が聞けなくなるのはつまんねーからな！　あんたに加勢するぜ、俺だって男だ！　どうせなら女を守って死にてーからよ！」

ごつい鎧にかわいらしい魔法のステッキを持ったゴリラ風の男が、簡単な防御魔法をかけてくれた。見た目と能力が違い過ぎる。

「あのな、そういうのは全部ウソだからな。こいつ等全部片付けたら、その愛人伝説が全部間違いだって一個ずつ訂正すっから、全員生き残るように！　いいな！」

俺は色々な想いを込めて、力の限り叫んだ。

「おうよ！」

男たちが力強くこたえ、俺たちは笑い合った。

「ベス、撃て！」

戦闘再開。撃ち漏らしは男たちに任せて、とにかくベスに撃ってもらう。

周囲が暗くなるほどの数の紅鮫。だが都合のいいことに、背が五メートル以上あるクマのメロ子に目が行くらしく、後ろの街の人のほうに紅鮫は向かっていかない。

「ハーメル！　悪いがメロ子を使わせてもらう！　ベス、メロ子に目が向いている鮫を全て撃ち落とせ！」

体の大きなメロ子に警戒し、上空を8の字で飛んでいる紅鮫を狙って落とす。これで少し命中率が上がる。

「分かった、メロ子。耐えて、くれ」

メロ子が防御体制を取る。頑張ってくれ、メロ子！

「お、おう兄ちゃん！　来たぜぇ、でけぇのがよ！」

盾のごつい人が空を指し、冷や汗を流しながら笑う。

「でけぇ……」

巨大なエイみたいのが、ついにこちらに来た。口から真下に向け、蒸気の塊を吐きながら近付いて来る。

「やべぇぞあれ！」

槍の人が叫ぶ。くそっ、あれをまともに喰らったらどうしようもないぞ。

「ベス！　撃て！」

指示をエイに切り替える。以前戦ったアーレッドドラゴン、あれを超える巨体なのでベスのかまいたちが全弾命中するも、エイはびくともせずこちらに向かってくる。これ、やばい。

「かぁあーーーーーっつ！！！」

背後からものすごいでかい声が聞こえ、ビクンとなりそちらを見ると、全身赤い重鎧《じゅうがい》を来た人が、ゆったりとした動作で現れる。

手にはゲームで見たような太く長い槍。ああいうのは、ランスって言うんだっけか。赤いマントをなびかせながら、長さが四メートル近いランスを構え、一突き。

「うおっ！」

「ひぃ！」

俺を守ってくれていたごつい男たちが、悲鳴を上げる。

俺も何が起こったか分からなかったが、俺たちに向かって来ていた巨大なエイとその周囲がぽっかり穴が開いたように消えていた。ものすごい蒸気が噴き上がり、エイたちが消滅していく。

「かぁああーーっ！」

赤い全身鎧の人がまた吼え、一突き。

ものすごい貫通力のある衝撃波がランスから真っ直ぐ飛び、鮫とエイたちをまとめて吹き飛ばす。な、なんだこの圧倒的な力は。

「いやぁ、遅れて悪かったのぅ。兜《かぶと》がみつからのーて、時間かかってしまったわい。年かのぅ」

その兜のフェイスガードを上げ、にかっと笑うおじいさん。

「の、農園のオーナーの……？」

俺が驚いて声を上げる。え、あのおじいさん……え、どういうこと？

「弟子たちが命張ってるけぇ、ワシもやらんとのぅ。さぁ、かかって来ぃ！　老いぼれじゃけぇ、まだまだ若者には負けておれんけぇの！　ワシを倒すなら三千人の騎士でも連れてきぃ！」

ランスが轟音と共に火を噴き、次々と蒸気モンスターを蒸発させていく。

「ほれぃ、ほれぃ！　なんじゃあ？　十回も突かずに終わってしまうんかぁ？」

農園のオーナーであるおじいさんが、全身赤いフルアーマーで現れ、次々と紅鮫、エイの群れを消し去っていく。

なんという圧倒的な力。おじいさんはその場をほぼ動くことなく、数回突いただけで上空を埋め尽くしていた蒸気モンスターをほぼ蒸発させた。

「す、すげぇなじいさん！」

「おおおお！」

俺の横の男たちと、逃げていた街の人が歓喜の声を上げる。

「こんなもんけぇ。お、ほれ。向こうさんも打ち止めじゃと」

そう言われ海に浮かぶ不気味な島を見ると、無限にこちらに向かって飛んで来ていた蒸気モンスターの数が一気に減った。

「ほっほ、小さな魔女が動きだすころかのぅ……」

その瞬間、街の南側にある砂浜、そこで一筋の紫の光が轟音を鳴らし天を貫いた。

相当離れた場所にいる俺たちにも伝わる、空気の衝撃波。あの光……。

上空にいた紅鮫が方向を変え、その紫の光の柱に向かって飛んで行く。

丘から下の街を見ると、港を埋め尽くしていた魚ゴーレムも砂浜の紫の光に向きを変え、ゆっくりと移動を始める。

街の上空にいた数千～数万の紅鮫、エイたちもその光を目指し飛んで行く。

「な、なんだ？　みんなあの紫の光に向かっていくぞ？」

「蒸気モンスターはのぅ、強い魔力に吸い寄せられるんじゃ。エサを求めての」

俺の驚きにおじいさんが答える。エサ？　吸い寄せられる？

「ここはもう大丈夫じゃの、ほっほ。さぁ勇気ある少年、行くんじゃろ？　心配はいらんけぇ、ここはワシが死守するからのぅ。誰一人、ケガすらさせないと少年の勇気に誓うとしようかのぅ」

おじいさんが優しい目で俺を見てくる。

「見えるんじゃろ？　街で戦っている冒険者が今どこにいるか、残った敵の動きも全部。じゃがワシ等には見えん。この濃い靄は人の視界を狭め、恐怖を生むんじゃ」

丘の上から下の街を見る。

ジゼリィさんが使った光の粒のシールドのおかげで、余計に街で戦っている冒険者がどこにいるかはっきり分かる。光に向かわなかった敵の数、位置全てが俺には見える。

「自分が今すべきことが分かったのなら、行くんじゃ。例えあの小さな魔女とはいえ、無傷ではすまんけぇ」

あの天をも貫く紫の光は、街の被害が最小限に済むようにと取った行動。

敵が出きったタイミングで放ち、全ての敵を被害の少なくて済む砂浜に集め、一人で戦う。

敵の数は数万、それでもあいつはその行動を取った。

「……行きます。俺は街に残ったモンスターを全て排除し、そして仲間を助けに行く、大事な俺の仲間を」

「ほっほ、いい目じゃのぅ。ほれ、老いぼれから勇気ある少年にちょっとしたプレゼントじゃ」

おじいさんが俺の足にランスの先をコツコツとつける。

「早足の魔法じゃ、五分で切れるがのぅ」

ありがとうございます。俺は街を丘の上から見回し、もう一度冒険者の位置、その人の戦力を10段階で評価、残った敵の位置、数を全て頭に叩き込む。

「友よ、帰ってこい、約束、だ」

「ああ、簡単に死ぬつもりはねーよ」

ハーメルと拳を合わせる。

ロゼリィがゆっくり近付いて来る。

「行くのですね……。心配です、本当は行って欲しくない……でも友達を、私の親友を助けて欲しい……」

「大丈夫、あいつはそんな簡単にはやられねーさ。でも俺が迎えに行って来る」

親友か。

いつも言い合いになったり、喧嘩みたいなことばっかやってる二人。それでもロゼリィにとっては、初めて出来た何でも本音で言い合える、親友と思える存在なのかもしれない。

「行くぞ、ベス。バカな魔女を迎えに行く」

愛犬ベスの頭を撫で、俺は走り出す。

「一人でこんな無茶な作戦考えやがって……。文句言ってやるからな……ラビコ！」

俺は丘の上にある農園から街に向けて走り出すが、体の浮遊感に慣れず思わず声を漏らす。

「うおおお……！」

早足の魔法ってこういうものなのか。一歩大地を蹴《け》るだけで、五メートルぐらい跳べる。

「大股で走る感じで行けばいいのか」

「ベス……ベスッ！」

あ、やべぇ……ベスの全力走りより速いのかこれ。一旦停止。

俺は愛犬ベスを抱え、再びダッシュ。

「あと三分ぐらいか？　急がないと」

五分と聞かされた早足効果が消える前に、街の冒険者の戦力を仕分け、グループ分けしたい。

丘の上から見た映像を思い出し、一筆書きで街を抜け、港を抜け、街の南にある砂浜まで行くルートを構築。


一ヶ所目、街の北側。男三人グループの冒険者。全員槍装備で、俺10段階評価でレベル2、2、5。

「お前等無事か！　敵はもう増えない！　残りの少数を叩いたら勝てる！　お前等三人はこの道を真っ直ぐ港に移動して、灯台側の五人と合流、船にとり付いている魚ゴーレムを頼む！三体でいい、倒してくれ！　街を守るんだ！」

濃い靄で敵が急に減り、何が起こったのか分かっていなかった三人に指示を出す。

「お、勝てるのか？　分かった！　港の五人と船のところだな！」

俺評価レベル5の男性が応えてくれた。

理解が早くて助かる。ソルートンという街を守りたいからと、危険を推してここに残った冒険者だ。想いは同じなはず。

二ヶ所目、街の中心部にある冒険者センター付近。

「ここにいる紅鮫は他の冒険者で落とす！　ハンマーの四人は港に移動してくれ！　倉庫にいる三人の冒険者と合流後、倉庫内の魚ゴーレム四匹を頼む！　剣の五人はここを真っ直ぐ、花壇のある家を右！　そこにいる弓使いの二人を援護してくれ！」

「おお、あんたジゼリィさんとこの人か！　分かった、みんな言われた通り他の人の援護に回るぞ！」

ここに集まっていた冒険者はハンマーレベル2、6、7、7。強い人が二人いるからいけるはず。

剣の人のレベルは2、2、3、7、10。弓の人と組めば、弓の牽制で剣が動きやすくなる。

俺評価、剣10の女性。おそらく魔法のかかった剣使いで、かなりの実力者。

三ヶ所目、四ヶ所目と街を巡り、冒険者はほとんど港の魚ゴーレムに向かわせた。おじいさんにかけてもらった早足の魔法の効果が、もう少しで切れる。

だがその前に、なんとか辿り着きたい場所があるんだ。

「あと一分切った……！　早くあの二人のところに！」

はっきり言って、空を高速で飛ぶ紅鮫相手に、俺評価レベル1～9では攻撃が当たらない。

しかし動きの遅い魚ゴーレムならばいける。

「いた！　ローエンさん！　ジゼリィさん！」

宿のオーナー夫妻で、ロゼリィの御両親。

丘の上から見ていたが、その実力は俺評価では数字が付けられないほど。

おそらくラビコ、海賊おっさん、農園のオーナーのおじいさんも同クラス。

「おっと、君が来たってことは、敵さんの様子が変わったのかな」

ローエンさんが、南の砂浜のほうに視線を送る。そういうことです。

「街にいた冒険者の人は、ほぼ港の魚ゴーレムに向かってもらいました。空を素早く飛ぶ紅鮫の掃討には、二人の力をお借りしたい」

「へぇ、この靄の中で皆が急に統率取れた動きで移動し始めたと思ったら、あんたが指示していたのかい。了解だよ。見えているんだね？」

ジゼリィさんの言葉に俺は頷き、簡単に状況を説明する。

「街上空に残る鮫の数は灯台側に二十九、商店街に六十九、中央公園付近に四十、港に九十七の合計二百三十五匹です。これを全てお任せしたい」

俺は簡単な地図を書いて、分布図を渡す。この二人ならば、そう時間はかからないはずだ。

「おお、これは分かりやすい地図だ。数をメモりながら撃ち落としていくか、行こうジゼリィ」

「あいよ、速攻終わらせるよ」

二人が俺の肩をぽんと叩き、笑顔を見せて走って行った。

頼りにしてます。

早足の効果が切れたが、俺はベスを抱えたまま港の海賊おっさんのところへ。

「無事ですか！　街はもう大丈夫です！　あとはここにいる冒険者たちで魚ゴーレムを倒せばなんとかなりそうです！」

「おお、オレンジの兄ちゃんか！　がっはは、こんなもん小魚だ、小魚！　骨ごとペロリよ！」

大斧を振り回し、魚ゴーレムをなぎ払う。すごいな、この人も。港は海賊おっさんを中心にすれば大丈夫だ。

「ベス、準備はいいか。ここからはお前頼りにさせてもらうぞ」

俺は自分の顔を叩き覚悟を決め、砂浜へ走る。

◇◇◇

立ち込める濃い靄。砂浜に出来た無数の巨大な窪《くぼ》み。

数万近い魚ゴーレムと紅鮫が、次々と天から降り注ぐ雷光に焼かれ、蒸気へと変わり消えていく。

砂浜が見えないほど押し寄せる魚ゴーレム。その上空を紫の光を纏った女性が舞い叫ぶ。

「オロラエドベル！」

天から雷光が落ち、魚ゴーレムの一団をまとめて焼き尽くす。

どれぐらい倒しただろうか。

次々と湧いてくる鮫と魚、少しでも隙を見せると街のほうに進路を向けてしまう。

「あっははは！　待てよ、このラビコさんが遊ぼうって言ってんだ！　エサが欲しいんだろ？　ほらよぉ！」

キャベツを切り替え、空に向かって杖を掲げ魔力を放出する。

紫の柱が天を貫き、鮫と魚がこちらを向く。

「ほらほらほらぁ！　私は美味いぞ！　濃いぃ魔力が欲しいんだろ？　だったらこっち来いってんだ！」

大きな威力の魔法を放つとき、この瞬間は攻撃が出来ず、空を飛ぶ鮫たちの格好の餌食になってしまう。

集団で突っ込んできた鮫たちに肩を削られ、足を削られ、もはや全身を刃物で切られたような痛みが襲う。

「あは、は……いってぇ……いってえってんだろ！」

天に七つの光を生み出し、地上を照らす。

自分の周囲に狙いを定め叫ぶ。

「あっはは、お返しだ！　この私の……乙女の肌を傷付けたんだ、覚悟は出来ているんだろう？　天の七柱……ウラノスイスベル！」

七つの光の柱が天から降り注ぎ、砂浜を突き刺す。轟音が鳴り、光に触れた蒸気モンスターが耐えきれず蒸発していく。


「はは……一人は、心がスカスカしやがる。もう孤独だった子供じゃねぇってのになぁ」

一人砂浜で飯を食い、一人で朝を待ち、一人で戦う。

一人で食うパンのまずいこと、一人で迎える朝の寒いこと、一人で戦うことの寂しいこと。

「あはは……帰りてぇなぁ……」

宿に帰って、ロゼリィをからかって、うまい飯食って、あいつの横座って……。

紅鮫の集団が真上から突撃してきた。

ちぃ、戦いの中、何を油断しているのだ、私は。

左に飛び避《よ》けるも、下にいた魚ゴーレムに足を捕まれ地面に叩きつけられる。

「……しまっ！　がはっ！」

周囲を囲まれ逃げ道無し。魚ゴーレムの集団がジャンプをし、私を押しつぶそうとしてきた。

なんたるミス、嫌だぞ……やっと私は出会えたんだ。

私には親がいない。

子供のころ、気が付いたら私はどこかの施設にいて、そこにいた大人から毎日のように躾《しつけ》だと殴られ、食べ物すら満足に得ることが出来なかった。

施設には国からお金が出ていたのだが、当時の大人はそれを子供には回さず、ほとんどを自分たちで使っていたようだった。

私たちに与えられるものは一日一回の固いパン。服なんて最初に与えられた薄い服のみで、寒い日は体の震えが止まらなかった。耐えきれず病気になっても放置され、一緒にいた子供も数ヶ月で動かなくなり、箱に詰められどこかへ運ばれていった。しかし数日もすれば代わりの子供が補充され、大人たちが暖かい部屋で笑っている光景をよく見た。

すぐに子供は入れ替わるので名前などは与えられず、木札に文字が書かれた物を首から下げていた。当時の私に与えられた木札は『デセット』、親に名前を与えてもらえなかった私にとっては、これだけが唯一私を表す言葉。

これだけは絶対に誰にも渡せない、倒れて動けなくなれば、この木札を大人に取られてしまう。そうなれば、私はデセットではなくなってしまう。そうなれば、私は存在が消えてしまう。

私は必死に生きた。次第に食べ物は奪い合いになり、それに勝てなければ動けない子供になり、箱に詰められ全てを奪われてしまう。毎日のように子供たちで殴り合い、勝ち残った者だけが生き残る。これだけが私なんだ、これだけしか私にはないんだ。名前だけは奪われてたまるかと全力で戦い、私はデセットを名乗り続けた。

数年経ったある日、施設の抜け道をみつけ、私は外に出た。行くあてもお金もない私は、旅をしているという不思議な女性と砂浜で知り合う。その女性は私に興味を持ち、魔法というものを教えてくれるようになった。これがあれば生きていける、そう感じた私は毎日施設を抜け出し女性に会い、魔法を必死に覚えた。

その女性には『名前』も与えてもらい、優しく褒めてくれる女性の期待に応えようと頑張った。しかしある日その女性はいなくなり、てっきり連れて行ってもらえるものと思っていた私にはショックだった。

だが私はそれからも魔法を練習し、いつしか、砂浜にすごい子供の魔法使いがいるぞ、と噂になり、女ったらしな男のパーティーの冒険に誘われることになった。

彼等との冒険がきっかけで、私は多くの蒸気モンスターを倒し、大魔法使いとして世界に名を馳せることになった。突然手に入れた栄光に、それはそれは舞い上がり、奪われてなるものか、他人なんて信じられるか、と私は子供のような行動を取ってしまう。我が儘を言い他人を突き放し、誰ともなれ合わず、金や地位、体目当てに寄ってきた奴は全部殴ってやった。

そうしたら、次第に私の周りには誰も寄り付かなくなり、遠くからヘコヘコと頭を下げてくる奴ばかりになった。

つまらない。面白くない。誰も私を理解しようとしてくれない。

望んで一人になったというのに、私は毎日、寂しかった。

もう生きていてもつまらない。この先孤独に生きていたって一人で老い、死んでいくだけだ。

私は決意し、王都を抜け出し旅に出た。どうせだ、最後ぐらいは笑顔で生きてみようと頑張った。

思い出の地を見て回るが、ある日、大雨で道がふさがり、馬車が道を間違え、気が付けば私はとある街に着いていた。ここは……私にとって嫌な施設があった、港街ソルートン。

すぐに出ようと思っていたら、私は導かれるようにあの少年と出会った――

その少年は私を特別扱いせず、当たり前のように横に来てくれる。私が悪いことをしたら普通に怒ってくれる、良いことをしたら普通に褒めてくれる。

普通に話を聞いてくれ、一緒に笑ってくれる……。

楽しい。ああ、やっと手に入れた、私の暖かい輪、私の居場所……。

もう一度帰りたかった……私の……。

砂浜を埋めつくす魚ゴーレムの足元を器用に駆け抜け、私に向かってくる小さな生き物が見えた。

「全て押し返せ！　ベス！」

小さな動物が私の元まで来たと思ったら、額から青い光を放ち、勢いよく真上に飛び上がった。

この犬、この声……。

その声を聞いた途端、落ちていた私の心に勇気が灯る。

◇◇◇

俺は愛犬ベスを引き連れ走る。

砂浜方向を見ると、遠目でも分かるぐらい、異常な数の蒸気モンスターが蠢いている。数えきれないほどの紅鮫が空を覆い、地面が見えないほどの魚ゴーレムが砂浜を埋めつくしている。

ラビコは……このバカな作戦を考えやがった、魔女はどこだ！

百メートルほど先に、魚ゴーレムが不自然に集まっているポイントがある。

それらが大きくジャンプし……って魚ゴーレムに囲まれているの、ラビコじゃねぇか！　踏みつぶされるぞ、逃げ……！

くそ、足をつかまれて動けないのか……！　させるかよ！

「頼むベス！」

俺はベスに巨大な魚ゴーレムの足元を駆け抜け、ラビコの元へ行くよう指示。

「押し返せ！　全てだ！」

ラビコの元に辿り着いたベスが俺の声を聞き、体に青い光を纏う。額辺りに光が収束し、大きなシールドを形成。上空に飛び上がった魚ゴーレムに向け、ベスが吼え、跳び上がる。

「ベッス！」

ラビコを押しつぶそうとしていた魚ゴーレムたち、その全てをシールドで弾き飛ばし、ベスが着地。

「ベス！　そのまま戻れ、道を作るんだ！」

ベスが吼え、青い光のシールドを纏ったまま、俺に向けて走り出す。

魚ゴーレムたちが次々とベスのシールドに弾かれ蒸発、魚ゴーレムが蠢く砂浜に、見事な一直線の道が出来上がった。

そして俺は言い放つ。

「迎えにきたぞバカ魔女！　一人で無茶なことしやがって……！　言いたいことがいっぱいある！　戻って来いラビコ、お前は俺の横でニヤニヤしているぐらいがちょうどいいんだよ！」

最初、何が起きたのか理解出来ていない顔のラビコだったが、ゆっくりと立ち上がり、俺を見て魔女のようにニヤァと笑う。

「あはは……なんだ？　まるで私がお前の女のような発言じゃないか。この道はお前へのバージンロードってか？　ははは……あはははははは！　いいだろう、ゴーレム弾いて作った道を通って俺の横に来いとか、こんな面白い求愛は初めて見たぞ！　お前は実に魔女の喜ばせ方を分かっている。あっはは！」

求愛？　いや、一人で危険な戦い方した文句を言いたいだけですが。

魚ゴーレムがラビコの後ろから迫ってくる。

「ラビコ！　後ろ……！」

ラビコは後ろを振り返ることもなく、手だけを後ろに向け落雷を呼び寄せる。

雷が上空にいた紅鮫と、背後にいた魚ゴーレムをまとめて貫通。耐えきれず、鮫とゴーレムが蒸気へと変わり霧散していく。

「邪魔をするな、お前等は私たちのはなむけの煙にでもなっていろ。あっはは！」

ラビコが悪い魔女の笑顔。

ベスが作ってくれた道をゆっくり歩き、左右の魚ゴーレムに雷を連打。道の両脇に次々と蒸気が噴き上がっていく。

蒸気のバージンロードって、こういう……。

水着魔女ラビコが俺の右横に到着。

ぐいっと顔を上げ、俺の目をじーっと見てくる。

「来たぞ、お前の横に。この私を呼びつけておいて、何も無いとか白けさせんなよ？　私の欲は深い……」

俺はラビコを優しく抱く。体中傷だらけじゃねーか、バカが……。

「ひっ……！　お、おまっ物には順序ってのが……」

「ありがとう、ラビコ。お前のおかげで街の人は救われた。よく頑張ったな、えらいぞ」

ラビコの頭を優しく撫でる。

色々言いたいことはあったが、今は……いいや。

「…………」

ラビコが静かになり、紅くなった顔を俺に近付けてきた。

「じゃあ、ご褒美よこせ。舌を絡ませるやつ」

ちょっ……まだもの凄い数の敵に囲まれてんだから、そ、そういうのは……！

「ふん、こんな状況で見せ付けてくれるな。ラビィコール」

急に真上から声が聞こえだす。真上……？

見ると、上空から空飛ぶ車輪が十個、それぞれに白い鎧を着た騎士が乗り、綺麗な円を描きながら下りてくる。

な、なんだあれ？

「……ちっ、タイミングの悪い。そんなだから男が出来ねーんだよ、変態女！」

ラビコが上を見上げ舌打ち。

「緊急支援要請の報告を受け、寝ずに飛んで来たら舌打ちに変態女扱いとか、実に来た甲斐があるじゃないか」

ラビコのトゲのある言葉にビクともせず、見事に反論してくるが、この声、もしや王都のお姫様か？

上空の車輪の円を描く速度が上がり、十人の空飛ぶ車輪に乗った騎士たちが槍を構えた。

「我が名はサーズ＝ペルセフォス。ブランネルジュ隊は、これよりソルートン救出作戦を開始する！　全て、なぎ払え！」

やっぱり、紅鮫戦のときに一緒に戦ったお姫様だ。

俺たちを円の中心とするように回っていた空飛ぶ車輪が、お姫様の合図と同時に放射状に飛び立ち、次々と蒸気モンスターを蒸発させていく。

「そこの二人、動かないことを薦める。我がブランネルジュ隊の編隊奥義、大車輪をお見せしよう」

空飛ぶ車輪が集まり、お姫様を先頭に円状に周回を始める。

「変態奥義だってよ、きっとあの変態女の性癖が詰まったエロいやつだぞ」

「フォーメーションだ、思わず手元が狂ってもいいんだぞ？　ラビィコール」

十個の空飛ぶ車輪が大きく円を描くように同じコース上を周回し、だんだんと速度を上げていく。

車輪に乗った騎士たちが光る槍を突き出すと、輝く天使の輪のようになり、俺たちの真上にゆっくり移動してくる。

「六秒間の円舞をお楽しみいただこう。拍手の一つでも頂ければ幸いだ」

お姫様の言葉と共に、光の輪が速度を上げ、俺たちを中心に、円状に飛び回る。

まるで、巨大な円月輪が飛び回っているような光景。

光の輪が次々と地上を蠢いていた魚ゴーレムを切り裂き、蒸発させていく。光の輪は角度を上げ螺旋状《らせんじょう》に上空に上がっていき、紅鮫、巨大エイをも切り裂き蒸発させていく。

「す、すげぇ！」

気付けば砂浜を埋め尽くしていた蒸気モンスターが、俺たちの周囲百メートルぐらいの空間だけぽっかりと消え去った。俺はその六秒間の出来事に、思わず声を漏らし拍手を贈った。

「お気に召されたようで。そちらの女性も拍手ぐらいは頂けないかな？」

「……ち。助かったよ、お姫様」

ラビコが舌打ちをし、ちょっと嫌そうに拍手をした。


「ラビコー！　無事かい！」

「ああ、良かった無事だね。おお、王都の車輪部隊じゃないか。大規模戦闘以来だよ」

街のほうから宿のオーナー夫妻であられるジゼリィさん、ローエンさんが走ってきた。

「がっはっはっは！　残りの小魚の始末は任せな」

海賊のおっさんも来てくれたぞ。

と言うことは、街と港のほうはもう大丈夫ってことか。

「なんとかなりそうだぞ、ラビコ」

「……」

ラビコがぐっと俺の胸に顔を埋めて、離れようとしない。

「がっはっは、お前らと一緒に戦うと色々思い出すな！　ジゼリィ、ローエン！」

「相変わらず豪快だね、見惚《みと》れるよ」

「お互い錆び付いちゃいないみたいだね！　さぁ、やろうか！」

海賊おっさん、ローエンさん、ジゼリィさんが、息の合った連携戦闘を始めた。

長く共に戦った仲間のような動き。この三人、知り合いだったのか。ラビコもこの三人と知り合いだし、昔、何かあったのだろうか。

お姫様の車輪部隊も加わり、もはや勝利は確実といった状況。よかった。

「…………？　なんだろう、海の上に人……」

ふと海のほうを見ると、海の上に人らしきものが静かに佇《たたず》んでいる。

少し目を凝らさないと見えないレベルの、かなり濃い靄の向こう。海の上に立つ人影が、じーっとこちらを見ている。

「人……いや、尻尾《しっぽ》……。一、二、三……九つの銀色の尻尾」

「！」

俺の言葉に、ラビコが驚いた顔をしてくる。

いつもの何かを企んだような余裕の笑顔ではなく、血の気の引いた焦った顔で叫んだ。

「ジゼリィ！　全員に防御魔法！　サーズ！　こいつを連れて逃げ……」

遥か沖にいたさっきの人影が、ポーンと軽く上にジャンプしたと思ったら、波打ち際に瞬間移動でもしたように着地。

その姿はとても優雅で、美しい男性の容姿。

御伽噺《おとぎばなし》の登場人物のような色鮮やかな着物を纏い、銀の長い髪に狐の耳、口から蒸気を吐き、吸い込まれそうな綺麗な瞳に、銀色に輝く九本の狐の尻尾。

「こいつ……！　まずい！」

ジゼリィさんもそいつの存在に気付き、焦ったように光の粒のシールドを全員に展開させる。

その男はラビコやジゼリィさんの動きに目も向けず右手を構え、一瞬で波打ち際から少し離れた砂浜にいる俺の目の前に現れた。な、なんだよこれ、瞬間移動か？

「なんだ、こいつ……がはっ！」

右手で勢いよく首を掴まれる。男がふわっと浮き上がり、俺は空へと持ち上げられた。

「がっ……！　ぐっ……かはぁ……」

呼吸が出来ない……これは……マズイ……。

「ずっと見ていたんだ。君だ、君がいなければ、この街はとっくに半壊ぐらいは出来ていたはずなんだ」

獣の目をしたそいつはニヤァと笑い、俺を見る。

「ねぇ、君……この世界の住人じゃないだろう。僕等と同じだ」

な、何を言って……こいつ……。

「がはっ……く、ううう……」

呼吸が出来ない俺は必死にもがくが……だめだ、こいつの握力が半端ない。

ジゼリィさんの防御魔法がかかっていなかったら、どうなっていたか。

「あれれ、力加減が難しいんだなぁ……人間って脆《もろ》いから。死なれちゃ困るんだ、だって君は僕等の仲間なんだよね？」

「そいつの言葉を聞くな！　そうやって不思議な言葉で人を惑わすのが手口なんだ！　その手を離せ……銀の妖狐！」

水着魔女ラビコが右手をかざし叫ぶ。

銀の妖狐？　そういえば紅鮫戦の時、お姫様からその言葉を聞いたような。

「出《い》でよ一角獣、アランアルカルン！」

俺の背中のマントがラビコの言葉に反応して光り、長い角を額に生やした白く輝く馬の頭が出てきて、銀の妖狐を襲う。

銀の妖狐は俺の首から手を離し、攻撃が届かない距離までふわっと空中を浮遊し移動する。

「ぐっ……ぜはっ！　ぜはっ！」

俺は必死に酸素を吸い、命を繋ぐ。

着地を考える暇がなかったが、ラビコが浮き上がり俺をキャッチしてくれた。

ラビコの髪の毛が逆立ち、体から紫の光が溢れ激しく輝きだす。

「目の前で私の男に手を出すとか、いい度胸だ。消し炭にしてやる……！」

「ベスッ！」

ラビコとベスが切れた。

空に七つの光が生まれ、空に静止している銀の妖狐に七つの光が重なる。

「天に焼かれて消えるがいい！　ウラノスイスベル！」

ラビコの声と共に、七つの光の柱が銀の妖狐を包むも、ポーンとその場でジャンプしたと思ったら、瞬間移動でもしたように波打ち際に着地する。

「ベスッ！」

愛犬ベスが額に青い光を集めシールドを形成、それを纏い突撃していく。男はまたポーンと真上にジャンプし、一瞬で波打ち際から百メートルほど沖に着地。

「銀の妖狐……！」

空飛ぶ車輪に乗ったお姫様が槍を握り、単身で銀の妖狐に攻撃を仕掛けるが、男は海の上で瞬間移動を繰り返し、全ての攻撃を避ける。

避けている最中、銀の妖狐はお姫様に興味がないのか顔を向けることもせず、ニヤニヤと微笑んだまま一方向を見続けている。そう、なぜかこの銀の妖狐と呼ばれる男、ずっと俺だけを見ている……。

まずいぞこいつ、今までの蒸気モンスターとは何か格が違う。

「このっ……千空烈斬《せんくうれつざん》！」

お姫様が槍を乱舞させ、無数の光の刃を広範囲に飛ばす。

扇状に光刃が飛ぶが、銀の妖狐はぽーん、ぽーんとジャンプし次々と海の上で居場所を変え、まるで当たる気配が無い。

「この……！　私の攻撃が当たらないというのか……！」

おそらく、今ここにいるメンバーで一番速い移動速度に加速、機動性、攻撃速度を持っているのはお姫様だと思う。

攻撃速度ならローエンさんの光の円盤も速いのだが、空飛ぶ車輪に乗っているというアドバンテージがあるお姫様がダントツだろう。

火力は水着魔女ラビコの魔法攻撃が一番だろうが、速度が遅い。


「ねぇ、僕の目的は君等じゃないんだ。邪魔だしどいてくれないかな」

銀の妖狐の九本の尻尾が輝きだし、妖《あや》しく微笑みながら右手を前にかざす。すると男の背後の海が盛り上がり、何かの形を成していく。

大きな牙に大きな口、鋭い爬虫類《はちゅうるい》の目に大きな角。

長い胴体に鱗《うろこ》……これはまるで……。

なんと銀の妖狐の背後に、海水が形を成した巨大な龍が現れた。

でかい……見上げるほどの高さ……。この感じは、東京にあったタワーに近いだろうか。って、それ、三百メートルくらいってことかよ。

海賊おっさん、ジゼリィさん、ローエンさん、ラビコが武器を手に構える。

「へぇ、やるのかい？　君等、フルメンバーでも僕に勝てなかったじゃないか。覚えているよ、人間にしてはまぁまぁの部類だったからね」

逃げずに構えたことが意外だったらしく、銀の妖狐がニヤァと笑う。

「はは！　引きこもりのお前が外に出てくるとはね。正直驚いたよ」

ラビコが俺の前に立ち、銀の妖狐に鋭い視線を向ける。

「面白い物を見つけたからね、もう心が躍ってしまってさ」

ニヤニヤと笑い、銀の妖狐の妖しい視線が俺をとらえる。

「銀の妖狐……覚悟！」

お姫様率いる、車輪部隊のフォーメーションアタック。

空飛ぶ車輪十人編成の巨大な円月輪が、銀の妖狐に迫る。

「会話中に無粋だなぁ。そのおもちゃは面白いと思うけど、乗り手が残念だね」

銀の妖狐は顔を向けることもなく、右手を動かす。背後の水の龍が巨大な口を開く。

「だめだ……逃げろ！」

俺は叫ぶが、龍はすでに光の塊を吐き出していた。

光の塊と巨大な円月輪がぶつかり、金属を擦り合わせたような嫌な音が周囲に響く。しかし円月輪のほうが耐えきれず壊れ、吹き飛んでいった。

「まずい……！　みんなを助けないと……！」

俺は海に向かおうとするが、ラビコに止められる。

「死んじゃいない。飛車輪が乗り手を守ってくれている。心配するなら、今後の私たちの未来だな」

巨大な水の龍の顔がこちらを向き、銀の妖狐が笑う。

「僕は君とお話をしにきたんだ。紅茶の香りを楽しみながら、ゆっくり談笑しようじゃないか。

大丈夫、今すぐ邪魔者を排除するからね」

水の龍が吼え、こちらに突撃してくる。

「ぬぅううううん！　……ぐうっ！」

海賊のおっさんが大斧で龍を受け止めようとするも、斧が割れ、吹き飛ばされる。

「止まりな……！　この少年にはうちの宿の未来と娘の幸せがかかってんだ！」

ジゼリィさんが防御魔法を発動。長方形の分厚い光の壁を前方に出すも、水龍の大口には効果は無く、紙のように食いちぎられてしまう。

「これはマズイな、せめて牙の一本ぐらい……！」

ローエンさんが両手に光る円盤を数枚出し、連続で投げつける。

見事に水龍の下顎に当たり巨大な牙を数本折るが、そこで円盤は消えてしまい二人が龍に飲み込まれる。

うそだろ、あれだけ強かった三人がこんなあっさり……。

これ、下手したら全滅……。

「なめるなよ！　こいつは誰にも渡さん！　魔女の覚悟を見せてやる！」

ラビコの纏う紫の光が、急激に大きくなる。

いつものキャベツではなく、紫に光る直方体を杖のスロットに入れ地面に突き刺す。両手をかざし、いくつもの紫の光の槍を生み出し、龍の顔に向けて射出する。

生み出された数百近い光の槍が、次々と龍の顔に着弾。爆発が起き、龍の顔の一部が吹き飛ぶ。

なんという破壊力……すごい、いけるぞラビコ！

「か弱い人間が、無詠唱魔法の連続使用は体がもたないからやめたほうがいいと思うよ。しかもそれほどの上位固有魔法、もしかして命懸けかい？」

銀の妖狐が微笑みながら言う。

な……体に負担？　ラビコ！　やめるんだ！

「うるせーよ……最後ぐらい好きな男にいいとこ見せてーんだよ！　お前等には一生分からん女心ってやつさ！」

ラビコが杖に紫の光を移し、くるっと俺のほうに体を向けてくる。杖は自動で光の槍を射出し続けている。

「お前とはもっと一緒にいたかった。ずっと楽しく過ごしたかった……」

ラビコが俺に抱き付いてくる。

驚いている俺に顔を近付け、俺の口にその唇を優しく重ねてくる。

「……はは、ごめん」

ラビコは微笑み、俺を突き飛ばす。

「さぁついて来い！　龍ごときに負ける魔女ではないぞ！　あははははは！」

ラビコが杖を取り、空へ舞う。

顔が半分吹き飛んだ水龍もラビコを追い、飛ぶ。

紫の光を散らしながら、ラビコは一直線に銀の妖狐に向かっていく。

あのバカ魔女……自爆するつもりか？　やめるんだ！

「へぇ、君ってこういう戦い方したっけ？　もっと自分本位な我が儘魔女ってイメージだったけど」

銀の妖狐が不思議そうに首をかしげる。

紫の光に包まれたラビコが、追って来た水龍と共に銀の妖狐に突っ込んでいく。

龍が二人を呑み込み海にぶつかり、巨大な水柱が噴き上がる。

そして紫の光の輝きが小さくなり、消滅した。


「ラビコ！」

「ラビコ戻ってこい！　俺の横に……！」

俺は海に向かって何度も名を呼び叫び、希望を捨てず待つが、ラビコの放つ紫の光は戻ってこなかった。

マジかよ……全滅とか……。

俺はガクンと膝をつき、頭が真っ白になる。

爆発の煙が晴れ、動く人影が見えた。目をこらすと影は二個。

ラビコ！　無事で……。

「さて……邪魔者はいなくなったね。僕とお話をしようよ」

銀の妖狐がニヤァと笑い、右手でつかんでいたラビコの足を離す。

ラビコは力なく海中へと落ちていく。

「ベスッ！」

愛犬ベスが超警戒の姿勢と咆哮をする。

残るは俺たちだけ。

俺が戦って勝てる相手じゃあない。でもせめて一太刀……じゃないと向こうでみんなに合わせる顔がないぜ。

……やってやるさ。

銀の妖狐が海でぽーんとジャンプをし、瞬間移動でもしたように波打ち際に着地。

そこからゆっくり歩いて、俺に近付いて来る。

「……」

瞬間移動はしないのか。

そういえばさっき、俺の首をつかんだときも、すごい速度で砂浜を移動して近付いてきた。

一角獣の攻撃を避けたときも瞬間移動はせず、浮遊で避けていた。はて。

「……なぁ、悪あがきをしてもいいか？」

「……どうぞ？」

俺の問いに銀の妖狐は少し考え、優しく微笑む。

ベス、ストップだ。攻撃はするなよ、と頭を撫でる。

俺は砂浜に落ちている大きな貝殻を数個拾い、銀の妖狐に向かって投げつける。

「……本当に悪あがきだ。申し訳ないが笑いそうになったよ」

男は笑いを堪えながら、足を使い横に避けたり、軽く飛んで避けたりする。

「…………」

思い出せ、みんなの戦いを。

瞬間移動のときと、そうじゃないときの違い。

こういうのには、必ずルールがあるはずだ。

こいつは何度も瞬間移動を使った。俺はそれをずっと見ていた。思い出せ！

「…………」

地上と地上、地上と海、海と海。

俺はみんなが残してくれたヒントを必死に思い出し、ルールを構築する。

――一つ、俺が一矢報いることが出来る作戦を思い付いた。

勝てるわけではない。

本当に、一回だけあいつを殴ることが出来るかもしれないチャンスがある。

そのチャンスも範囲が広く確率はかなり低いが、あいつは俺には何の戦力もないと油断している。いや、実際俺に戦力はないけど。

だからこそ、俺に戦力がないからこそ、あいつは最短のジャンプで済ますはずだ。

やってやる、みんなの仇を……一発だけでもこいつを殴ってやる。

俺はベスの頭を撫で、この異世界で最後になるかもしれない戦いを始める。

「ベス、撃て！」

愛犬ベスの攻撃で一番の火力を誇るのは、青い光を纏う牙での噛み付きか、額から出たシールドで突撃のどちらか。

「ベス、撃て！」

俺はなるべく同じ言葉、同じ声量で指示を出す。

ベスが俺の指示に応え前足を振り、かまいたちを発生させる。

「すごいんだね、この犬。僕も欲しいなぁ」

誰がやるかよ。

俺は何度もベスに指示し遠距離攻撃を仕掛けるが、銀の妖狐はベスの攻撃を余裕で避けていく。

「んーどうしたんだい？　さっきから君の指す先がずれているよ？　ほら、当てないと意味がないでしょ。もしかして普通に狙っても当たらないと踏んでのラッキーパンチ狙いかい？」

くそが、俺の指す先の微妙なズレが分かるのかよ。

どうとでも想像してくれ、違う意味のラッキーパンチを狙っているのは確かだがね。

俺は少しずつベスから離れ、海に近付く。

銀の妖狐がそれに気付いたらしくチラと見てくるが、俺には攻撃手段が無いと判断したらしく、ベスの動きに注視している。

「撃て！　撃て！　撃て！」

ここらが限界か。

俺はベスにかまいたち乱舞を指示し、銀の妖狐の周囲に着弾させ、砂煙をおこさせた。頼むぞ、跳んでくれよ……！

俺はさらに、ベスに銀の妖狐の周囲を走り回るように指示。

「ああ、これは煙で周りが見えないね。どこから撃ってくるのかなぁー」

いくぜベス、これが俺の最後の指示だ！

「ベス、アタック！」

ベスが走りながら額に青い光を生み出し、砂煙の中に飛び込みシールドアタックを仕掛ける。

それと同時に俺は銀の妖狐に背を向け、海に向かって全速ダッシュ。

「さっきから何か狙っているような動きだったけど、まさかこれがそうなのかい？　ちょっとガッカリしたかな、もっと僕を驚かせてくれるのかと思っていたよ」

俺のマントから出た一角獣の攻撃は浮遊移動で避け、お姫様の攻撃は海の上で瞬間移動で避ける。

ラビコの魔法は地上から瞬間移動で避け波打ち際に着地、その後のベスのシールドアタックを瞬間移動で沖まで跳んで避けた。

水龍の攻撃後、俺に近付いた手段は、まず沖から瞬間移動で波打ち際に着地し、そこから歩いて来た。

ここでのポイントは、波打ち際という場所。

海と陸地の境目と取れる場所。どうやら、あいつは地上から地上へは瞬間移動していない。

着地は必ず水の側か、水の上というルールを守っている。

そう、ルールがあるんだ。

多分あいつはどこからでも跳ぶことは出来るが、着地は必ず水の側か上という決まりがある瞬間移動の使い手なんだと思う。

地上から跳ぶときはいきなり沖には行けず、線がある波打ち際で止まり、線を一回跨がないと沖には行けない。だからあいつは沖からいきなり俺のところには来れず、波打ち際で一旦着地し、そこから足で移動した。

ラビコの魔法のあとのベスのシールドアタックは浮遊では避けず、瞬間移動で避けた。おそらく当たるとダメージがある攻撃と判断し、大きく距離を取って避けられる瞬間移動を選んだ。

そして今ベスは、視界不良状態の煙の向こうから飛んでくるシールドアタックを仕掛けた。

確実に避けるには『跳ぶ』はずだ。

場所はおそらく、銀の妖狐から一番近い波打ち際。

俺に攻撃能力は無いので、ベスの攻撃だけ避ければいい。ならばそう遠くまで跳ばずに、一番近い波打ち際に跳べば十分と考えるはず。

俺は拳を構え、そのポイントへ全力で走る。

「悪いけど当たらないよ。その程度の攻撃は、彼等からよく受けたからね。おとなしく……」

妖狐の声が、砂煙の中から移動した。

瞬間移動で跳び、水の側に着地。

そう、俺はそこに向かい、全速力&全体重乗っけパンチを繰り出している。

「おりゃあああああ！」

俺は目の前にいきなり現れた、銀の妖狐の右頬を全力でブン殴った。

「おとなしく……し……ひっ！」

タイミング、角度どんぴしゃ。

鈍い音が響き、銀の妖狐の口の端から血が流れる。

よろよろと後ろに下がり、銀の妖狐が狂ったように笑い、口の血をぬぐった。

「くく……はははははははは！」

俺は右手をダランと下ろし、銀の妖狐を睨む。俺にこれ以上の策は無い。

愛犬ベスが俺の足元に絡んできたので、頭を優しく撫でる。ありがとうベス、お前のおかげで一矢報いることが出来たよ。

「ははははは……！　すごい……すごいな君！　ねぇどうして僕が跳ぶ場所が分かったんだい？　偶然？　いや、君はここに全力で走って来ていたよね。はははは……！　今のが死の恐怖……僕は今、一瞬だけ死の恐怖を感じたよ！」

銀の妖狐が急に饒舌《じょうぜつ》になり、嬉しさを隠せない子供のように体を動かす。

なんでこいつ、こんなにテンションが高いんだ。脳でも揺さぶられたか。

「君は力は無いのに目はいいんだね。さっきまでの僕の行動を見て仕組みを理解し、パターンを分析。そしてすぐに行動を予測し、ピンポイントで殴りに来た。さっきまでの余裕ぶっていた僕が恥ずかしいぐらい、もう見事にやられたよ」

銀の妖狐、は同性の俺が見ても美しいと思う顔を俺に近付けてきた。細い指で俺の頬をなぞり、身の毛がよだつ恐ろしいことを言う。

「ねぇ……君が欲しい」

俺は背中に氷水でもぶっかけられたように悪寒が走る。ベスがビビッて俺を二度見するぐらい体が震えたぞ。


「……何が君が欲しいだ、この変態狐が！　私の男から離れろ……そんなに湧いた欲を満たしてぇんなら、てめぇの島の木のうろにでも突っ込んでりゃいいだろ！」

海が紫に光り、杖を持った女性が海中からものすごい勢いで飛び出してきた。

女性がドロップキックを喰らわそうと真横から仕掛けるが、銀の妖狐はぽーんと跳び、波打ち際から沖のほうに着地する。

「とどめを刺さないとかどういうことだ……ジゼリィの防御魔法を甘くみるなよ！　魔力のこもっていない、形を成しただけの龍など痛くもない！」

俺の前に着地し、俺を守るように戦闘態勢を取る女性。

杖にはキャベツが刺さっていて、フード付きのロングコートを格好良く着こなし、中は水着のみというスタイル。そう、この女性は……。

「ラビコ！　よかった……無事だったんだな」

俺はラビコを背後から抱きしめる。ケガはしているけど、ラビコだ……よかった。

「気絶していただけだ。なんだ、欲情したのか？　……そうか、野外のほうが燃えるタイプなんだな？」

……少しは感動の再会をさせてくれ、ラビコ。


銀の妖狐はぽーんと跳び、俺たちの前の波打ち際に着地する。

水着魔女ラビコがギロリと睨み、杖を構える。

「とどめを刺すつもりも、殺すつもりもないよ。あるなら最初からやっている」

銀の妖狐は少し浮遊し、ニヤニヤと笑いながら空中で胡坐《あぐら》をかいた。

「だろうな、水龍といい、形だけの見せ掛けばかり。弄《もてあそ》ばれた気分だ……このクソ狐、目的を言え」

ラビコがギッと睨むが、形だけ？　どういうことだろうか。

「目的？　ずっと言っていたよ？　僕は彼とお話がしたい、と。街への侵攻は阻止され、死の恐怖を感じる攻撃を喰らい、今の僕は敗者だよ。都合の悪い質問以外には答えてみようかな」

銀の妖狐は自分の少し腫《は》れ、血の跡がある右頬を指す。

ラビコが目を見開いてその傷を見て、俺のほうにくるっと体を回転させた。

「死の恐怖の攻撃だと？　銀の妖狐相手に攻撃を当ててるとか、何をしたんだ？」

「思いっきりぶん殴った。それだけだ」

興奮するラビコに、俺はそのまま答えた。

「バカな……どうやったらあの吐き気の出る、気味の悪い高速移動中に攻撃を当てられるんだ！」

ラビコはワナワナと震えだす。

「吐き気の出る気味の悪い高速移動って……そんな風に思われていたとかちょっとショックかな」

銀の妖狐が苦笑い。ラビコがギッと睨む。

「悪いが、お前とはのほほんと談笑する気にはならん。どれほどの多くの同胞の命が奪われたか……！」

「それはこちらも同じさ。僕のかわいい子供たちを、どれほど消し去ったというのだ君等は。なんなら今、本気でやろうか？」

二人が激しく睨み合う。まずいぞ、こいつの気分が変わらないうちに、さっさと用事を済ませて帰ってもらわないと……。

「待ってくれ。お前は俺に用があるんだろ。お話とやらは何だ」

て来る。

俺がそう言うと、すっと柔らかな表情になった銀の妖狐が立ち上がり、ゆっくり俺に近付い

戦闘態勢を取るラビコとベス、俺は二人を手で抑える。

「出来たらもっとゆっくりお話がしたいところだけど、そうもいかない雰囲気だしね、簡単に言うよ。僕等とおいで、君はこちら側に来るべきだ。帰りたくはないのかい？　僕等はその方法を探し、行動をしている」

銀の妖狐が優しい目で俺を見てくる。

最初にこいつは俺に言った。君、この世界の住人じゃないだろうと。

帰る……元の世界にということか。その方法を探している？

「…………」

元の世界……はっきり言って、今の今まで忘れていたぞ。

帰りたい？　こんな毎日ワクワクする世界と、頼りになって楽しくて面白くて今俺の一番大切な仲間たちを置いて帰る？　ありえないな。

はっきり言おう、この世界こそ俺が求めていた世界であり、俺が愛すべき世界である。誰が帰るか、まだ異世界のほとんど何も見ていないんだぞ。

「俺はお前のところには行かない」

当たり前だ、行くはずがない。

「……ああそうか、女性かい？　大丈夫だよ、君好みの女性を何人も用意しよう。うちには美

人で気立てのいい女性がいっぱいいるよ。毎日君を満足させてあげることが出来るよ」

え……ん？　ほぉ……毎日満足、ですか、フゥーン……。

「おいコラ！　そこでだらしない顔すんな！　女なら私がいんだろ！」

ラビコがガツッと抱き付いてくる。

え、俺変な顔になっていました？

何を言われても微動だにしない、毅然《きぜん》とした紳士を演じていたはず……。

「女性とか関係ない。もう一度言おう。お前のところには行かない。俺はこの世界が好きなんだ、ここには美味いご飯がある、居心地のいい宿がある、そして大事な仲間たちがいる。俺はこの世界を愛している。この世界は楽しいんだ、昨日も今日も明日も、俺は毎日ワクワクしながら過ごしている。俺はこの世界で生きていくと決めた」

俺は迷うことなく言い放つ。

本音だぞ、これ。俺は本当にこの世界が好きなんだ。

その証拠に、こっちの異世界に来てから元の世界に帰りたいとか、一度も考えたことがない。

俺の居場所はここだ、そうはっきりと言える。

だって俺が恋焦がれていた、ゲームみたいな世界なんだぜ？　剣がありーの、魔法がありーの。この世界観に拒否感を示す野郎はいないだろ。

確かに俺はその両方を使えない。そして危険もある。でも俺はこの世界がもう、とんでもなく好きになってしまったんだ。

「……この世界は楽しい、か。僕は今までそう思ったことは一度も無いよ。この世界は僕等には大変生きにくいように出来ている。命を保つのだって毎日必死。この世界の住人を傷つけ、時には殺さないと生きていけない。大事な仲間も、この世界の仕組みに対応出来ずに、次々と命を落としていく。毎日が絶望さ、僕はこの世界を恨んでいる、消し去りたいとも考えている」

銀の妖狐はうつむき、静かに怒りを込め言う。

こいつらも異世界から来たんだっけか。

俺とは真逆。飛ばされた異世界に対応出来ず、仲間も命を落とし、生きていくにはこの世界の住人を傷付けなければならない。辛い……帰りたい、元の世界に帰りたいと願う。確かにそんなきつい世界、恨むかもしれない、消し去りたいと思うかもしれない。

「でもね、とてつもない長い時間が経ったある日、僕の心に衝撃が走ったんだ。その人はね、一度も失敗したことのなかった僕の作戦をことごとく打ち破り、そして僕の前に立ちふさがり、しばらく忘れていた死の恐怖を感じさせた。人間なんて弱いから、負けることなんて万に一つありえないって思っていたけど、ああそうか、僕って死ぬこともあるんだ……。そう感じて、目が覚めたよ」

銀の妖狐は表情を歓喜の顔に変える。

「分かるかい、今僕はとても気分がいいんだ。体から湧き上がるこの感情、抑えられない……喜び！　期待！　しばらく忘れていたこの感情……希望！　面白い……面白い……！　君、君だよ、君という存在が僕の心を震わせるんだ！」

　体を震わせ、子供のようにジャンプしたり顔を手で覆ったり、銀の妖狐の動きがおかしい。

「今日僕は、この世界に来て初めて面白いと思ったんだ。もう顔がニヤけて止まらないんだ、ははは！　君がいるなら、この世界は面白いかもしれない。今後もずっとそう思えるかもしれない！　だから僕は君が欲しいんだ、僕の側にいて欲しいんだ」

　ちょっとした告白じゃねーか……。

　同性に情熱的な感じで側にいて欲しいとか言われても、俺には背中がかゆいだけなんだが。

「悪いけど、俺には守るべき大事な物がある。だからお前とは行けない」

　ラビコとベスを引き寄せ抱く。今はいないがロゼリィ、彼女も俺は守りたい。

「ほぉぉぉっ……！」

　ラビコが目を見開いておかしな声を出しているが、今は見ないでおこう。

「……そうか。残念だよ……」

　銀の妖狐が少し落ち込んだような表情をする。

　えーと、コイツにおかしな行動をされる前に、言葉で畳み込んでしまわないとやばそうだぞ。

「お前はさっき、自分は敗者であると言った。ならば勝者である俺の言うことを一つ聞いてもらおう」

　銀の妖狐は少し考える仕草をし、微笑む。

「はは、言ったね。しまったな、自分の発言で苦しめられるとか、僕もまだまだだなぁ。なんだい？　一つ君の言うことを聞こう」

「じゃあ言うけど、俺たちお前には勝てないから、帰ってくれ」

俺の真顔の発言に、ラビコと銀の妖狐が目を丸くする。

おかしなことは言っていないだろ。こいつには勝てない。ならば、生き残る為には銀の妖狐自ら引いてもらうしかない。

「……ははははは！　君は面白いなぁ……！　堂々と言うんだね、すごいなぁ。ああ、やっぱり君が欲しいなぁ……君がいれば、島でのつまらない生活がとても面白いものになりそうだよ。でもまだチャンスはあるよね、それは今日でなくてもいい。もっと情報を集めて、君好みの物をいっぱい用意して、君から僕の元に来たいと言わせてみようかな。ああ……その日が来るのが楽しみだ」

銀の妖狐が大興奮しているが、そんな日は未来永劫来ねぇよ。


「じゃあ準備が出来たら迎えに来るから、待っていてね」

銀の妖狐は俺の耳元で囁くように言う。

ちょ、なんで恋人への囁き系スタイルなんだよ！

行かねーし、普通に喋れ。

銀の妖狐が俺に片目を閉じウインク。名残《なごり》惜しそうに何度も振り返りながら、沖にある島へと消えていった。なんなの今の行動。

◇◇◇

「乾杯！」

「かんぱーい！」

それから数日後、ソルートンの街の建物や港の修繕が始まり、皆慌しく動いている。

あの銀の妖狐を撃退したと皆喜び、街のあちこちで、昼夜問わず酒盛りが行われている。

「あのとき俺は右から行って、こうよ！　わははは」

「五匹はやったぞ俺は！」

街を守った冒険者たちが自分の英雄譚《えいゆうたん》を語り、笑い合う。

あの状況で逃げず、街を守るために残り、戦ったんだ。

君たちは間違いなく、港街ソルートンを守った英雄だよ。

皆、お疲れ様。


「ただいまー」

「おかえりなさい、どこに行っていたんですか？」

宿に戻ると、受付にいたロゼリィが、笑顔でコップに入った水をくれた。

「街の様子が気になってさ、みんな元気そうで良かったよ。これだといつもの日常に戻れる日も早そうだ」

港の被害が一番大きく、船を壊されてしまったり、倉庫が崩れてしまい物資の運搬や保管場所が確保出来ず困っている業者さんが多くいた。

しかし、翌日には国から多くの支援物資や人員が派遣され、街の復興に手厚い支援を行ってくれた。動きが速すぎだろ……。

お姫様、あの空飛ぶ車輪の女性がすぐに指示を出し、国を動かしてくれたそうだ。

銀の妖狐の攻撃を受けた皆は軽傷程度で済み、少し安心した。

本当にあいつは俺と話がしたくて来たらしく、邪魔をしないでくれと、追い払おうとした攻撃だったようだ。

ラビコに聞くと、銀の妖狐が放ったあの水龍、本気ならこの街程度、簡単に飲み込み消し去ることが出来る破壊力を持った魔法らしい。

制限はあるものの瞬間移動が出来たり、恐ろしい威力の魔法が使えたりと、あいつチートクラスじゃねーか。あれだよ、あれ。異世界に来たんだから、本来ああいうのが俺にあるはずだろ……。

「ああああ！　魔法使いたい！　魔法使いたい！　まほっ……まほぅーー！」

「ど、どうしたんですか？　お、落ち着いて下さい、あなたは街を守った英雄なんですから、皆が見ているんですよ。また変な噂が広まります！」

俺が飲み終えたコップをマイク代わりに、想いを込めたバラードを歌い上げたのだが、ロゼリィに止められた。

「ちぇっ……いいよもう、女泣かせのプロとか、愛人七人囲ってるとか不倫がバレて王都に逃げようとしたとか、股間大開帳で女湯に侵入したとか……どう転んでもプラスにはならない噂が俺について回っているし。はぁ」

農園の丘で一緒に戦ってくれたごつい冒険者の男たちには、このあいだちゃんと経緯を細かく説明したんだがなぁ。

さっきも街を歩いていたら、ひそひそ話で指差されていたし。

「あのなロゼリィ、俺は英雄とかじゃねーからな。実際に街を守ったのは勇気ある冒険者のみんな、農園で街のみんなを守ってくれたのはあのおじいさん。主力として戦ってくれたのはジゼリィさんローエンさん海賊のおっさん、そして砂浜で一人戦ったラビコ。あとは駆けつけてくれたお姫様。彼らがこの街の英雄だよ」

コップをカウンターの食器回収棚に置いていると、後ろから肩を叩かれた。

な、なんだ？

「よう、オレンジ兄ちゃん。今度俺のパーティーに来いよ！　わはは」

「おーいたいた、ケガしてねーのか？　よかったよかった」

「ほっそいなー兄ちゃん。今度俺が鍛えてやるか」

なんか次々とごっつい世紀末覇者たちにつかまり、肩叩かれたり腕つかまれたり、お尻を触れたりした。

お尻はやめて。

世紀末冒険者の輪を抜け、ロゼリィの元へ戻る。

「なんだよあいつ等……俺が鍛えたって意味ねーだろ。どうせなんにも出来ないんだから。あーやっぱ魔法だよ、魔法。それさえ使えればババッと敵倒して、格好良く活躍して街の英雄になれるのになぁ」

「ふふ、あなたは今のままで大丈夫だと思いますよ。あなたは街の人を守る為に盾となり戦い、靄で視界が狭い状況で街を駆け巡り指示を出し、冒険者のみんなに勝てるんだと光を示した。そしてあの銀の妖狐すら追い返し、街を救った。あなたは間違いなく、後世に語り継がれる英雄です。ふふ」

ロゼリィが優しく微笑む。

つっても戦ったのだって俺の愛犬のベスだしなぁ。俺はまぐれパンチが一発当たっただけの男だ。

「あなたが出かけている間も、あなたにお礼が言いたいという冒険者の方や街の住民が多く来ていたのですよ？」

え、じゃあさっきお尻触られたりしたのはお礼なのか。

せめて女性に囲まれたかった……。

「しゃちょ〜、おっはよ〜」

ラビコがのそ～っと、いつものフード付きロングコートの水着姿で一階の食堂に下りてきた。ケガももう大丈夫なようだ。

「社長～キスキス～、ん～」

ラビコが俺に走り寄って来て、顔を近付けてくる。

「な、なんだ？　や、やめい！」

ラビコの肩を掴み押さえる。

「ええ～いいじゃん～。一回キスしたんだし～、もう何回したって同じだよ～」

ふぉ？　一回キスした……な、そういや。

でもあれはそのあの、なぁ……。

背後に鬼の気配。

「ふふ……ラビコ？　そういうウソは言わないようにして下さいね？」

「ウソじゃないよ～、へへ～ん。私はあのとき社長に『お前を一生守りたい』って情熱的に抱き付かれてキスされたしね～。あっはは～」

少し、いやだいぶ話が違っているような。

なぁ、ベス……って犬は喋れないよな。足元のベスは首をかしげるのみ。

「なっ……！　どういうことですか！　ず、ずるいです！　じゃあ私にもして下さい！　なんでラビコだけなんですか？　さぁ！　ぐいっと抱き寄せてキスをしてくれたら許してあげます！　さぁ……！」

ロゼリィがぐいぐい体を押し付けてくる。

あ、向こうでアルバイト五人娘とジゼリィさんローエンさんが笑いながら見ている。

いやあの、さすがに御両親が見ている前では出来ませんって！

「あ、隊長逃げました」

「んふふー面白いので追いかけましょうー」

「そうだな、もしかしたら私もキスしてもらえるかもだしな！」

「英雄、色を好む……メモ」

「七人の愛人から逃げる英雄さん、今日も自ら噂のメイクミラクル」

「ずるいですずるいです！　さぁ……私にも愛の言葉を下さい！」

「やっぱり社長といると面白いなぁ〜。さすが私の夫だ〜。あっはは〜」

面倒だから俺は逃げるぞ！


そうだ、いつか異世界に来るであろう紳士諸君に異世界指南だ。

俺がいる異世界は最高に楽しいところなので、迷ったら、ぜひとも候補の一つに入れておいてくれると幸いだ。

そうだな、まずは街の中心部にある冒険者センターに行って、適性を計ってくれ。大丈夫、能力無しでもなんとかなる。

街の北側にある農園の監視とか、戦わなくても済むお仕事でお金を稼ごう。

あ、港には近付かないことをお勧めする。行くと、いきなりがははと笑う海賊に肩をつかまれて脳を揺さぶられ、気が付いたら人間ベルトコンベアの一部に組み込まれたり、漁船に乗せられて巨大な魚たちにケツを激しく突かれたりする仕事をやらせられるぞ。

お金を稼いだら冒険者を雇おう。

あ、水着を着た魔女にキャベツを求められても、絶対に断って逃げるように。下手につかまると、毎日百万円の借金が積み重なる生活が始まってしまうぞ。

冒険に疲れたら仲間を連れ、ソルートンの南側にある宿屋ジゼリィ＝アゼリィに来てくれ。イケボ兄さんの作るメシはなんでも美味いし、受付のロゼリィの笑顔は最高だし、ラビコなんて常に水着なので目の保養になるし、新人アルバイト五人娘の制服姿とか最高に可愛いんだぞ。

見た目がちょっと怖い世紀末覇者軍団とかたむろっているけど、実は結構良い奴らだし、この街のエロい情報を語らせたら右に出るものはいない。そっちの情報が必要なら、彼らを頼ってくれ。

温泉もある。バラのお風呂が好評でな、女性なら絶対に一目で気に入るはずだ。

デザート、スイーツ系も最高だぞ。毎日違うメニューを安価で楽しめる日替わりセットもあるので、絶対に毎日通ってしまうだろう。

異世界生活に不安がある？　大丈夫、そういうときはこの俺を頼ってくれ。

愛犬ベスが好きな公園だろうが、お勧めのキャンプ場だろうがなんでも教えてあげようじゃないか。

あ、お金は無いぞ。それは自分でどうにかしてくれ。つか君が俺にお金を貸してくれ。なんか俺、毎日百万円とかの支払いが必要なんだよね……。

俺は大体いつも、宿屋ジゼリィ＝アゼリィ一階にある、食堂の奥のほうに座っている。魅惑的な女性陣をチラ見しながら、俺に話しかけてくれ。

宿屋でもアルバイトは募集しているので、働きたいというのなら言ってくれ。同じ魂を持つ童貞の紳士諸君なら特に優遇するぞ。なんて呼べばいい？　ああ、すまんな、そういえば名乗っていなかった。


アサヒ、それが俺の名前だ。

《了》

あとがき

皆さま初めまして、影木《かげき》とふと申します。

この度は『異世界転生したら愛犬ベスのほうが強かったんだが』をご購入いただき、誠にありがとうございます。

当作品は「第二回一二三書房WEB小説大賞」にて「銀賞」を受賞し、書籍化に至った物語となります。

小説投稿サイトである「小説家になろう」様にて連載していたものに加筆修正をし、分かりやすく、より面白くなるようにをテーマに掲げ、担当編集者様にご協力をいただき、第一巻として世に出ることになりました。

お読みになった読者様が、少しでもこの物語を楽しんでいただけたら幸いでございます。

もしお好きなキャラクターやエピソードなどありましたら、ご感想などを一二三書房様までお送りいただけると、作者が泣いて喜びます。ええ、本当に嬉し泣きをしますので、ぜひ……！


この物語は、主人公くんではなく異世界に一緒に付いてきた愛犬のほうが強い、という始まりとなっています。主人公くんは戦闘力が無いので知恵とアイデアと行動力で奮闘、危険が迫ると愛犬と協力し、なんとか異世界を生き抜こうとします。

しかし段々と主人公くんのほうも能力に目覚めていき、最終的には愛犬であるベスと組めば無敵のコンビになる、という変化を楽しんでいただけると嬉しいです。

ＷＥＢ版では、主人公くんの名前は一切出てこない、という謎の縛りで書いていました。当初から名前は決まっていたのですが、色々理由があって出せず、周りの人は様々なあだ名で主人公くんを呼ぶ、という謎ルールに。そして話が進むにつれ、もう使っていないあだ名が無いよぅ……と少し涙を流し後悔もしましたが、今回の書籍版のラストでやっと名前を出すことが出来、個人的に肩の荷が下りました。本当に良かった……。

他にも色々と裏話はあるのですが、それはまた次回ということで。

それでは最後になりますが、物語を少しでも面白くしようとご協力下さった一二三書房担当編集様、見るだけで物語が想像できる素晴らしいイラストを描いて下さったクロがねや様、そしてこの本を買って下さった皆さま、本当に、本当にありがとうございました。

次巻はバニー娘が登場しますよ。お楽しみに。

影木とふ

唯一無二の最強テイマー
～国の全てのギルドで門前払いされたから、他国に行ってスローライフします～
原作：赤金武蔵　漫画：田村紘一
キャラクター原案：LLLthika
異世界還りのおっさんは終末世界で無双する
原作：羽々音色　漫画：ダンタガワ
ジャガイモ農家の村娘、剣神と謳われるまで。
原作：有郷　葉　漫画：たぢまよしかづ
キャラクター原案：黒兎ゆう

転生貴族の異世界冒険録
～カインのやりすぎギルド日記～
原作：夜州　漫画：香本セトラ
キャラクター原案：藻
レベル1の最強賢者
原作：木塚麻弥　漫画：かん奈
キャラクター原案：水季
我輩は猫魔導師である
原作：猫神信仰研究会　漫画：三國大和
キャラクター原案：ハム

BRAVENOVEL
ブレイブ文庫

異世界転生したら
愛犬ベスのほうが強かったんだが1
～職業街の人でも出来る宿屋経営と街の守り方～

2024年5月24日　初版発行

著　者　　影木とふ

発行人　　山崎　篤

発行・発売　株式会社一二三書房
〒101-0003 東京都千代田区一ツ橋2-4-3
光文恒産ビル
03-3265-1881

印刷所　　中央精版印刷株式会社

■本書は小説投稿サイト「小説家になろう」（https://syosetu.com/）に掲載された作品を加筆修正し書籍化したものです。

ISBN 978-4-8242-0085-3 C0193